OUTONO DE CARNE ESTRANHA

OUTONO DE CARNE ESTRANHA

AIRTON SOUZA

4ª edição

EDITORA RECORD
RIO DE JANEIRO • SÃO PAULO
2024

CIP-BRASIL. CATALOGAÇÃO NA PUBLICAÇÃO
SINDICATO NACIONAL DOS EDITORES DE LIVROS, RJ

S713o
4. ed
Souza, Airton
  Outono de carne estranha / Airton Souza. - 4. ed. - Rio de Janeiro : Record, 2024.

  ISBN 978-65-5587-789-2

  1. Romance brasileiro. I. Título.

23-84395
CDD: 869.3
CDU: 82-31(81)

Gabriela Faray Ferreira Lopes - Bibliotecária - CRB-7/6643

Copyright © Airton Souza, 2023

Todos os direitos reservados. Proibida a reprodução, armazenamento ou transmissão de partes deste livro, através de quaisquer meios, sem prévia autorização por escrito.

Texto revisado segundo o Acordo Ortográfico da Língua Portuguesa de 1990.

Direitos exclusivos desta edição reservados pela
EDITORA RECORD LTDA.
Rua Argentina, 171 – Rio de Janeiro, RJ – 20921-380 – Tel.: (21) 2585-2000.

Impresso no Brasil

ISBN 978-65-5587-789-2

Seja um leitor preferencial Record.
Cadastre-se no site www.record.com.br
e receba informações sobre nossos
lançamentos e nossas promoções.

Atendimento e venda direta ao leitor:
sac@record.com.br

EDITORA AFILIADA

para os que morreram sonhando com o ouro de Serra Pelada;
para os que ainda estão vivos esperando a sobra e a cura
de suas desgraças;
para os garimpeiros de pouca fé;
para os gays, covardemente assassinados neste país;
para meu pai, Mundico, que guardou sua carteirinha amarela
até morrer, esperançoso em receber a sobra;
para minha vó, Antônia, que me ensinou a adiar o fim das rezas.

"Agradam-me, incluso, os fragmentos de esculturas com os
                                                    [braços cortados.
Viveram também por mim.
Caíram porque foram transladados.
Derrubaram-nas, talvez, porque estavam muito altas.
As construções quase em ruína parecem todavia projetos sem
                                                    [acabar, grandiosos;
suas belas medidas podem já imaginar-se,
mas ainda necessitam de nossa compreensão.
E além do mais já serviram, inclusive já foram superadas.
Todas estas coisas me fazem feliz."

Bertolt Brecht

"Meti a mão no passado,
mas é um passado que guardo na memória sem ter vivido um só momento dele, eu não estive lá
para extrair um fantasma assim sem vida, um tanto estragado
e mutilado depois que o matei pela primeira vez. E sujo de terra depois que eu o enterrei com a ajuda de um cortejo de miseráveis e infelizes criados pela imaginação, ou sonhados. Ou é sem dúvida a memória. Ou dos quais apenas me lembro desde que comecei a falar de improviso, sem nenhuma realidade sob os pés."

Vicente Franz Cecim

1

Quanto mais socava a pica no cu de Zuza, mais Manel escutava o barulho das picaretas. Dos enxadecos. Das mãos repletas de calos. Das velhas enxadas enferrujadas. Dos pedaços de paus. Das bateias roçando levemente sobre a água. Das pás afundando no chão amarelado dos barrancos e dos paredões, quase acinzentados de terra, que formavam a cava. Ao mesmo tempo que sentia as pupilas dilatando, longe das pequenas anatomias do céu, a sua língua salivava cada vez mais. O suor descendo de seus cabelos e molhando boa parte do corpo parecia querer, a qualquer custo, reviver as margens, embora minúsculas, do rio Sereno no meio dos peitos dele.

Para não gemer alto, manteve os lábios entreabertos. Vagarosamente pressionou a língua contra o céu da boca. De vez em quando, deixava sair, por entre os dentes, uns grunhidos bem baixinhos, evitando que outros garimpeiros pudessem ouvi-los foder. Os dedos das mãos, ora côncavos, ora perpendiculares, manuseando os espaços vazios entre Manel e seu macho, nunca dariam conta de desenhar as primeiras vertigens de um crisântemo. Das coisas que mal conseguia controlar, estava a fraqueza sentida nas pernas. A vontade era de chupar o pescoço de Zuza até marcá-lo, ainda com a pica toda dentro do cu dele. Pressionar as palmas das mãos contra a bunda de seu homem até sentir as carnes rígidas. Bater forte na bunda dele até deixá-la avermelhada. Passar várias vezes a língua no orifício da orelha e morder bem devagar. Botar toda dentro e, vez ou outra, fazer bidões dentro do cu de Zuza. Dizer a ele baixinho:

"Te amo."

Enquanto grunhia, Manel forjava as pupilas contra o escuro, mantendo os olhos abertos o máximo que podia. A carne do rosto, totalmente enrijecida, nutria o sentimento guardado pelos redemoinhos. Ainda assim, tinha certeza de que lá fora uma camada fina de neblina cobria os casebres de Serra Pelada, aumentando o cheiro da solidão. Talvez, naquela hora, vários garimpeiros pudessem estar batendo uma punheta, pensando no que tinham deixado em Marabá ou no Maranhão. As mãos cheirando a saliva e aquela sensação de cócegas nas veias da pica. Alguns ainda sujos de brejais, com as unhas abarrotadas de minúsculas serranias. Nas proximidades da agência da caixa econômica, o marechal dormia tranquilamente.

Naquele instante, enquanto Manel sentiu a cabeça da rola, melada de cuspe, entrar e sair de maneira frenética, nem mesmo o marechal e seus bate-paus seriam capazes de amedrontá-lo. Nem as formigas. A cobal. A tristeza de não ter conseguido ser escafandrista. Nem mesmo a felicidade de ter-se tornado meia-praça, naquela semana, diminuiria a sua vontade de jorrar gala dentro do cu de seu macho. Ele não pensava em Trizidela. No cascalho. No rio Mearim. Nas pepitas de ouro no fundo da cava. No bamburro.

Manel, por conta dos gemidos baixinhos, sabia que não tinha como manusear dentro da boca todos os vocábulos que o conduziriam ao desenho de uma varanda. Ainda que escutasse, naquela hora, a palavra ouro emergir em forma de grito da boca de qualquer garimpeiro, ele não seria capaz de sair daquele torpor. Por isso, de vez em quando, acariciava as minúsculas concavidades dos dedos das mãos, ao mesmo tempo que sentia crescer a irremediável vontade de esfregar os pés enfunados, um sobre o outro, na tentativa de tirar de cima deles a sensação úmida dos pântanos. Naquela noite, nenhum argumento contra o amor povoaria facilmente a sua imaginação.

Mantendo as pernas rígidas, mas separadas por pouco menos de meio metro uma da outra, Manel fez de tudo para que Zuza não suportasse o peso de seu corpo suado. Ao se manter entrando e saindo, em um único ritmo, era como se naquele instante ele tivesse descoberto outra receita de como escavar mais profundamente os poucos metros do barranco em que trabalhava sem necessitar um dia entender de escafandros.

A cada enfiada que dava na carne dura da bunda de Zuza, o meleiro provocado pelo suor descendo do corpo de Manel refazia o som estranho do chão do garimpo sendo cavado incessantemente. Com o corpo completamente curvado, quem olhasse a cena, de longe, enxergaria nitidamente os cabelos dele quase formando uma pequena auréola disforme, cinzenta e defumada pela fumaça da lamparina. Era como se os casebres do garimpo necessitassem apenas de duas ou três girândolas para significar alguma coisa comovente, como uma pequena enseada.

    Naquela posição incômoda, Manel, só com os olhos, sentiu os ombros de Zuza retesados. Os braços estirados davam a sensação de que ele estivesse mantendo os lábios colados e pressionando a língua contra os dentes. Menos ansioso. Ao enxergar as mãos de Zuza apertando os punhos da rede, o garimpeiro compreendeu que aquilo ajudava a explicar o medo que os dois sentiam naquele instante. O mais estranho foi ouvir a respiração de Zuza sair compassadamente. Não entendeu por que cada vez que socava a pica, com força, no cu daquele macho, ele tinha a impressão de que emergia, para dentro de seu nariz, o irremediável cheiro do melechete. O fedor ficava mais intenso como se brotasse, de uma só vez, dos corpos de todos os garimpeiros.

    Os dois homens, nuzinhos, trancados no único cômodo do barraco de Zuza, tentavam, de qualquer maneira, atravessar os fonemas das palavras bateia e bamburro, abraçadas, diariamente, às carnes deles. Zuza e Manel buscavam compreender os sentidos dos horizontes se distanciando dos igapós e de deus. No entanto, permaneciam em silêncio porque qualquer barulho poderia ser escutado pelos garimpeiros que dormiam nos barracos próximos.

Embora somente Manel sentisse vontade de elaborar um monólogo, a partir de alguns hieróglifos, foi obrigado a deixar morrer dentro de si esse pequeno sonho, apenas vergando os dedos dos pés.

Mesmo mantendo a cabeça completamente fixa na direção das costas de Zuza, Manel deixou seu corpo quase formando uma linha reta. Os músculos retesados. As retinas circunspectas o suficiente para não chorar. No mesmo movimento, contraiu as pernas. Às vezes, sentia-se praticamente pregado em um dos degraus das adeus-mamãe nas quais costumava subir ou descer para a cava todos os dias. Com as mãos completamente vazias, ele parecia fazer um movimento circular como se o marechal o tivesse obrigado a fazer girar, sem parar, uma bateia cheia de pepitas e sete gotículas de mercúrio reluzindo bem no meio de suas retinas.

Com o barraco iluminado apenas por uma lamparina, a meio metro de distância, era impossível distinguir um homem do outro. Nuzinhos, eles formavam uma coisa só. Parados, aparentavam ser um dos formigas carregando um saco atulhado de cascalho dependurado na cabeça. Ao se moverem, os dois machos elaboravam a figura de um garimpeiro com o corpo quase curvado, segurando firme uma picareta nas mãos e cavando sozinho, de maneira frenética, um barranco inteiro.

Quando terminou de gozar, Manel manteve o corpo estático por pouco mais de um minuto, tentando distender as próprias carnes. Parou de fazer o círculo imaginário com as mãos como se deixasse a bateia descurar a sensação de samambaias crescendo no meio da garganta. Fechando os olhos, deixou imediatamente de pressionar a língua contra o céu da boca porque sabia que o monólogo já não seria mais capaz de fazê-lo entender como nasce a solidão dos peixes. Posicionou de leve as mãos por cima das costas suadas de seu macho, mantendo a boca entreaberta, descurvou os dedos dos pés. Aos poucos, foi sentindo a pica amolecer dentro das entranhas de seu homem. Ao voltar a abrir os olhos, de súbito sentiu vontade de passar as mãos nas costas de Zuza, indo de cima a baixo. Acariciando o que ele imaginou ter sido talhado nas manhãs neblinadas de Serra Pelada. Não teve coragem. Arfou um pouco. Deixou o olhar vagar nas palhas escuras que cobriam o casebre de seu homem até sucumbir em si mesmo a vontade de acariciá-lo. Naquela hora, Serra Pelada, pelo lado de fora dos barracos, era benzida por uma brisa capaz de umedecer qualquer corpo, menos o do marechal.

Estava longe de amanhecer quando Manel foi embora do barraco de Zuza. Rente à porta, antes de sair de vez, contraiu as pálpebras. Olhou ao redor. Sentiu vontade de se benzer. No entanto, contrito, desistiu da ideia. Imaginou que seria muita imprudência fazer um sinal da cruz, no meio da cara, poucos minutos depois de ter comido o cu de outro macho. Colocou a mão por cima das sobrancelhas e a única coisa que conseguiu enxergar foi a escuridão espalhada por todo o garimpo. Pensou que, se não fosse o chilreio dos grilos e o coaxar dos sapos que povoavam cada pedaço daquele lugar, a tristeza ali nunca mais teria cura.

Antes de atravessar de vez a porta, Manel conseguiu, às pressas, um jeito de deixar as unhas polidas, usando pequenos gravetos retirados das palhas. Vestiu sua calça de tergal vermelha. Dobrou parte das pernas dela para não empoeirá-las. Calçou a sapatilha de couro cru amarronzado. Passou repetidas vezes as duas mãos no cabelo até sentir que os fios estavam quase penteados, embora o barulho provocado pelas unhas no coro cabeludo o tivesse deixado impaciente. A contundência do cheiro agridoce do alma de flores borrifado por cima do peito, meio descoberto, exalou o cômodo inteiro. Fez desaparecer, por um momento, o fedor do querosene que saía da lamparina acesa. Já vestido, olhou para Zuza, que rapidamente abaixou a cabeça, envergonhado. Quando estava fora do barraco, mantendo a cabeça virada para o lado da rua pela qual seguiria, disse:

"Já vou."

Ao começar a andar, abaixou a cabeça. De maneira estranha, curvou uma parte do corpo como se tivesse, de uma vez por todas, conseguido abraçar a desilusão de todos os garimpeiros, ou fosse buscar a bateia esquecida no fundo da cava. Voltou a passar as mãos no cabelo.

Não deu tempo de ouvir a resposta de Zuza porque abaixara a cabeça de vez ao deixar o barraco. Sem vontade de olhar para lugar nenhum, manteve as retinas fixas no chão escuro. Cerca de dez ou quinze metros do barraco de Zuza, levantou um pouco a cabeça e viu uma dúzia de pirilampos passar por cima do casebre de seu homem. Eles pareciam voar em direção às escadas adeus-mamãe dentro do despenhadeiro de Serra Pelada. Assustado, Manel apressou os passos. Somente quando estava para chegar ao seu barraco, foi que sentiu a calça melada de gala, nas proximidades da cabeça da pica. Passou os dedos e percebeu que se haviam formado pequenas corolas deformadas. Então voltou a pensar em seu macho. Nas socadas no cu dele. Na vontade de dizer "te amo", sem medo. Nos grunhidos, não mais nos pirilampos. As corolas deram a ele a certeza de que choveria muito naquele resto de noite.

Quando se viu sozinho, Zuza não conseguiu pregar os olhos para dormir. Tentou consternar as pálpebras. Queria silenciar em si a ausência de Manel. A primeira coisa em que ficou pensando foi no último sermão que ouvira, há exato um mês, quando ainda tinha autorização do marechal para ir à igreja assistir à missa. Era tudo tão real que a voz do padre Zacarias parecia soar nos quatro cantos do cômodo. Para fugir daquela lembrança, foi para o quintal. Acocorou em frente à gamela. Usando uma das mãos, lavou algumas partes do corpo como se necessitasse, no escuro mesmo, aguar, às pressas, o terreiro para varrer de manhã cedo. Escutou as folhas secas da mangueira caírem no chão. Voltou para dentro do barraco e desejou ter aprendido a adormecer de olhos abertos. O cheiro forte das palhas úmidas e do querosene da lamparina logo substituiu o odor deixado pelo desodorante alma de flores, usado por Manel. Em pouco tempo, ouviu as primeiras gotas de água caírem sobre as palhas do barraco. Manteve a boca fechada para ver se diminuía a ânsia que passou a sentir. Teria, no outro dia, coragem de perguntar ao marechal, antes de os garimpeiros descerem à cava, se era fácil sentir na própria língua o gosto de sangue de outras pessoas. Se era bom ser um homem sem remorso. Afinal de contas, o marechal estava ali a mando do governo. Era como ele mesmo dizia: "Aqui eu é que sou a pátria." Ficou deitado em sua rede acariciando a barriga até a aurora acender, lentamente, o garimpo de Serra Pelada.

Ao contrário de Zuza, Manel conseguiu dormir e nem percebeu a chuva torrencial que caiu durante a madrugada. Enquanto dormia, teve um pesadelo. Sonhou que a cava havia se transformado em uma coisa estranha. Em vez da imensa cratera formada por barrancos e paredões repletos de adeus-mamãe, tudo agora parecia estar de um jeito que não dava mais para os garimpeiros descerem. O buraco inundara da noite para o dia. Finas crostas de lodo escurecido estavam incrustadas nas beiradas da concavidade. Impossível voltar um dia a ser esvaziada. Ter seu fundo de terra revolvido. A cava tinha virado metade pântano metade geleira e, no meio da imensa falésia, a imagem grande dos olhos azuis do marechal. As pestanas rodeadas de girinos. Espumas encardidas espalhadas perto das pupilas o deixaram com a aparência de duas vitórias-régias murchas. Ao redor dos girinos, um círculo de berés agoniados como, se naquele momento, não soubessem mais respirar. Feéricos. Os olhos boiavam aparentando envelhecidos antes do tempo. As retinas amaldiçoadas pelos caramujos.

Manel chegou a ficar em dúvida se aqueles olhos tinham nascido no meio da cava ou eram mesmo os do marechal. Mas não esqueceu o que dizia sua mãe: "No dia que chegar aqui em casa apanhado, vai levar outra surra que é pra aprender a bater também." Outra coisa que o deixou espantado, enquanto sonhava, foi ver que havia nascido capim bem rente à beira da ribanceira, com a altura de meio metro. As escadas adeus-mamãe eram para sempre algo inócuo. Tomadas por minúsculos pés de quebra-pedras, quase florando, rodeadas de comigo-ninguém-pode e pés de melão-de-são-caetano. A estrutura próxima à cava estava idêntica a uma oração sem a mínima clemência de deus. Por isso, tinha certeza de que a palavra amém não faria nunca mais sentido em cada metro de Serra Pelada.

Manel acordou sobressaltado. Com um nó na garganta, como quem estava apenas renascido por causa de suas últimas misérias. Sentiu os olhos incomodados devido aos fachos de luminosidade do amanhecer que atravessaram os pequenos espaços entre as palhas que cobriam seu barraco. Mesmo deitado, lembrou-se da dúzia de pirilampos voando em direção à cava. Sufocado por causa do pesadelo, sentou na rede. Esticou os braços e as pernas para a frente. Depois enxugou o suor da testa. Mas ao lembrar-se de outra coisa que acontecera na noite anterior, sentiu-se, momentaneamente, feliz, igualzinho ao primeiro dia em que pulou do pau de arara para pisar no chão do garimpo.

Sua felicidade momentânea tinha a ver com o cu de Zuza. As costas suadas de seu macho. A vontade de mordê-lo e gemer bem alto. Os olhos brilharam só de pensar na possibilidade de encontrar pelo menos três pepitas de ouro depois que descesse à cava logo ao amanhecer. Do nada, sentiu a boca fremir um pouco porque não sabia como controlar o desejo de bamburrar e a paixão ao mesmo tempo. Naquele dia, benzeu-se murmurando "pai, filho, espírito santo, amém", se alguém perguntasse a ele: "Zuza ou Trizidela?" Manel sentia que já dava conta de compreender suas promessas, por isso responderia "Zuza" sem pensar na mulher. Nos dois meninos. No fedor dos mangues às margens do rio Mearim. Nas samambaias crescendo dentro e ao redor da boca do poço de sua casa. Nas miragens desenhadas pelas brisas sopradas às margens do rio Mearim. Nos três pés de hibiscos rodeados por balaustradas de eucalipto.

Finalmente pulou da rede, imaginando que tinha acordado mais cedo que o habitual. Só percebeu que tinha chovido muito durante a madrugada quando o cheiro de terra molhada deixou sua boca mais desabençoada. Ansioso, com as pontas dos dedos engelhadas, caminhou em direção ao quintal. Antes de alcançar a porta, voltou a se lembrar do pesadelo. Do pântano. Da geleira. Do cu de Zuza melado de gala. Dos olhos menos misericordiosos do marechal, mas se esqueceu de vez da dúzia de pirilampos voando em direção à cava.

2

Ao longe, o coaxar dos sapos continuava a alimentar a sensação de abandono daquela terra. As palhas por cima dos casebres quase a se tocarem, tão próximos eram os barracos. Do alto do lugarejo tinha-se a nítida impressão de palafitas inconclusas. Como era possível sentir-se estranhamente solitário dentro de um lugar com milhares de homens pertinho uns dos outros?

Armada no meio do cômodo, a rede de Zuza dividia o barraco em dois pedaços iguais. A peça de pano, estendida de um lado a outro, parecia desenhar no chão uma silhueta estranha. Era tão difícil saber o que era aquilo que, se um dia Zuza parasse para olhar aquela imagem, ele compreenderia, de uma vez por todas, que nem mesmo sua vó seria capaz de distinguir que coisa daria no jogo do bicho. Ela jogaria a esmo no camelo ou no urso.

Quando deitava, deixando o corpo menos estirado possível, no meio da rede, boa parte das carnes de Zuza refazia uma concavidade semelhante à cava do garimpo, meio circunspecta. Os punhos da rede, quando estavam desdobrados, ajudavam a desenhar, no chão do barraco, dezenas de pequenas escadas adeus-mamãe sem degraus. E à noite, se a lamparina estivesse acesa, pertinho da rede, os desenhos se moveriam como se centenas de garimpeiros estivessem descendo e outras centenas subindo ao mesmo tempo. Era como se aquilo fosse para sempre incapaz de comensurar a fome de cada um deles pela palavra bamburrar.

Zuza passou boa parte do tempo sem conseguir fechar as pálpebras. Sentiu nas pontas dos dedos uma crise de ansiedade incontrolável. Isso o fez ficar se remexendo, sem parar, dentro da rede. As mãos cruzadas por cima do peito. Os dedos entrelaçados. Os cotovelos quase apregoados nas costelas. Os joelhos retesados. A boca entreaberta como se ele fosse, a qualquer momento, desenterrar no quintal nácar e não ouro.

Desde a hora em que Manel atravessou a porta para ir embora, Zuza manteve-se completamente aturdido. Uma dor que surgiu repentinamente nas gengivas o deixou com vontade de falar apenas por meio de pantomima. Enxergou, imaginariamente, emergir de suas unhas a voz de sua vó. A velha querendo abraçar dilúvios e com vontade de deixar de inventar sonhos só para jogar no jogo do bicho. Com o barulho da água caindo por cima das palhas e dos pedaços de lona que cobriam seu barraco, ele sentiu brotar, no meio da língua, a compaixão de todas as brumas que Serra Pelada nunca iria ter. As goteiras faziam resvalar parte da chuva sobre o corpo magricelo dele, o que o deixou mais agoniado. Era como se Zuza não soubesse mais guardar no próprio peito a ausência de seu homem para poder benzê-lo, antes de amanhecer, com minúsculas relvas. As próprias rezas a dissipar seu desejo de ir embora do garimpo.

A chuva havia começado cerca de uma hora depois que Manel havia ido embora, o que deixou Zuza reduzido à fome permanente de solidão, naquele quadrado, como se mais uma vez ele pudesse se salvar sozinho das agruras deixadas por deus na boca de um cristo abandonado. Mesmo chovendo forte, quando estava quase para amanhecer, Zuza conseguiu fechar os olhos e adormecer de vez.

De uma noite inteira de chuva, restou o lameiro espalhado por todo o chão de terra batida no barraco. Pelo lado de fora, o terreiro estava irreconhecível, avermelhado de lama. As pequenas poças de água espelhavam as nuvens. Através das frestas das paredes de madeira do casebre, onde elas quase se topavam, o sol começava a iluminar parte do espaço formando longas listras por cima do lamaçal. Embora somados, os traçados jamais dariam conta de clarear a metade do cômodo. Eram como uma ou duas lamparinas acesas.

Poucas horas depois de ter conseguido cochilar, sentindo os fachos de luz do sol por cima de seu corpo, ele acordou. Pulou da rede bem no meio de uma pequena poça de lama. A força do pulo fez o lameiro se espalhar em suas pernas até a altura dos joelhos. Zuza ficou angustiado. Com vontade de morder a própria língua. Porém, meio atarantado, com as pernas cheias de lama e um gosto azedo emergindo no meio da língua, ele pensou apenas em se benzer, mas estava com as beiradas dos olhos pesadas de remelas. Elas formavam uma espécie de crosta endurecida, quase amarelada. Da boca, ao bocejar, gotículas de uma gosma fedorenta caíram no chão misturando-se ao lameiro.

Com um gosto ruim na língua, quando voltou a fechar a boca, sentiu as gengivas completamente avinagradas. Então, a primeira coisa que fez foi cuspir, por duas vezes, em cima do lameiro feito um bicho que arfava pela primeira vez em busca de ar e de alguma fé. Os pés afundaram no lamaçal. Impossibilitado de arrastá-los, fez um esforço para levantar os tornozelos como se estivesse em uma solitária marcha cívica.

"Desgraça. Esse negócio de tentar levantar o pé só aumenta o meu ódio contra o canalha do marechal e seus bate-paus miseráveis. Marechal de merda. Bate-paus de bosta."

O som da voz foi se misturando ao barulho dos pés dos garimpeiros. Quando terminou de falar, voltou a sentir, com mais intensidade, o sabor azedo na língua. Teve vontade de voltar a cuspir no chão, entre as pequenas poças de lama, como havia feito minutos antes. Encheu a boca de saliva e cuspiu. Dessa vez, movido mais pela misericórdia do que pelo rancor. Somente naquele dia, percebeu que o chão do casebre era meio íngreme, repleto de minúsculas concavidades, e que daquele lugar dava para fazer pelo menos dois barrancos distantes da falésia.

Quando abaixou a cabeça para observar o cuspe se misturar ao lameiro, sentiu vontade de ficar onde estava, olhando o chão, até aquele aguaceiro desaparecer, mas mirou, por alguns segundos, a gosma de seu cuspe e percebeu-a desaparecer de maneira repentina.

Subitamente, lembrou-se de ter xingado o marechal e seus bate-paus. Por isso, bateu forte na boca, por três vezes, porque tinha certeza de que até as paredes, em Serra Pelada, ouviam. O marechal jamais aceitaria ser insultado dentro daquele lugar. Sabe lá deus o que poderia acontecer com ele, caso o marechal ao menos sonhasse que alguém o havia ofendido. "Ainda mais ultrajado pela boca de um marica." Era exatamente assim que falaria.

Voltou a pensar em se benzer, mas já não sabia o que dizer a deus depois de falar com tanto ódio a palavra desgraça. Levou as duas mãos ao rosto e foi removendo lentamente as remelas secas espalhadas ao redor dos olhos. Manteve os músculos dos braços quase contorcidos. O gosto azedo na língua se adensou cada vez mais. E a vontade de cuspir não cessou.

Para sentir um pouco de consolo perante todo aquele lameiro, Zuza lembrou-se de que, pelo menos, naquela manhã, não precisaria aguar o chão do barraco. Não seria necessário desfazer os montículos que todos os dias surgiam misteriosamente no chão. Distraído, sorriu de canto de boca enquanto tirava de cima das pálpebras os últimos pedaços de remelas ressecados.

Impaciente, começou a caminhar dentro do casebre como se fosse capaz de atravessar, sozinho, a atmosfera de todas as rezas, sentindo o repentino gosto agridoce de deus sitiado embaixo de sua língua. Um pouco distante da rede, Zuza acariciou rapidamente a bunda tentando aliviar a dor insuportável que passou a sentir no meio do cu. Em seguida, esfregou o dorso das mãos nos olhos para limpar o resto da noite dentro deles. Percebeu que metade do cômodo estava ocupada por uma lama bem fininha. Acabrunhado, voltou para onde estivera deitado. Desatou um dos punhos da rede. Enrolou-a todinha até chegar ao outro lado e a dependurou na parede do barraco.

Enquanto caminhava, lembrou que naquela noite seu homem havia criado coragem e metido a pica todinha. Isso o fez manter ainda mais os olhos abertos como se naquele instante fosse aprender sozinho a ter comoções. Das outras vezes, Manel só exigira punheta até gozar. Nem acariciar o corpo, com fedor de mercúrio e melechete, ele deixava. Nunca tinha nem mesmo permitido a Zuza encostar a língua em seu pau. Mesmo em meio à dor sentida no cu, era quase impossível não se perguntar:

"Quantos pentecostes aguentariam a dor se espalhando bem no centro de um cu?"

Ao terminar de inventar essa pergunta, Zuza ficou imaginando se não era preciso bater, por pelo menos mais três vezes, na boca, mas desistiu da ideia porque pensou rapidamente na misericórdia de deus, assim como pensava nas angústias dos hemisférios ou na vó levantando naquele instante o prato de esmalte à altura do rosto enrugado para saber em que bicho jogaria.

Com os pés atolados no lamaçal, ele percebeu que a chuva havia sido mais forte do que imaginara. Nas palhas e nos pedaços de lonas, ouviu os rumores das águas enquanto se lembrava de Manel metendo dois dedos juntinhos no seu cu. Depois de tirá-los, cuspir na cabeça da rola e meter bem devagar. O homem fazia aquilo como se quisesse ensinar as auroras a desenhar, de uma vez por todas, outro idioma para o paraíso.

Ali mesmo, deixou de pensar na dor que sentia no meio do cu e pôs-se a imaginar os barrancos todos enlameados. Os desmoronamentos. Os sacos de estopa vazios à espera de cascalho. Pressagiou ainda as escadas escorregadias. A sujeira impregnando as unhas de seu homem. Mas, a dor continuava insuportável e, de novo, voltou a sentir, imaginariamente, a pica de Manel entrando em suas carnes pela primeira vez. Com o cu ainda ardendo, pensou também no desejo de seu macho em bamburrar, a qualquer momento, só para voltar imediatamente a Trizidela como se só aquele lugar curasse a falta de tantos rostos solidificados na tristeza irresoluta dele mesmo.

De súbito, imaginou as três rezas que sua vó sabia fazer: a ave-maria, o pai-nosso e o creio-deus-pai. Parecia ali mesmo enxergar todos os dedos das mãos da velha apertando, fortemente, as bolinhas de um rosário todo cinzento. A ausência dos pés de cristo na cruz do rosário. A figura de seis santas espalhadas entre as cinquenta bolinhas. A nitidez dos lábios murchos da velha se movendo lentamente. Um cheiro azedo de boldo e alho emergindo da boca dela e espalhando-se pelos cômodos da casa. Os olhos ressecados e entreabertos pareciam que, a qualquer instante, desenhariam no chão a palavra piedade. A cara empalidecida. As bochechas magricelas quase retesadas. A testa franzida. Os joelhos encobertos por uma saia florida. Os peitos caídos por cima da barriga. O resto do corpo paradinho.

Do nada, Zuza deixou a imagem da vó se dissipar e correu para apagar o fogo da lamparina. O horror de perder a hora em que sempre acordava o deixou completamente atordoado. Assoprou forte, por duas vezes, para conseguir apagar o pavio da candeia. O cheiro de querosene foi diminuindo aos poucos. Sentiu a lama esfriar seus calcanhares. Só assim percebeu que estava descalço. Os dedos dos pés desvanecidos. O aguaceiro já não santificava mais o que restara de sua infância.

Caminhou até onde estavam suas sandálias e as calçou. Olhou no rumo do terreiro. Encolheu o máximo que pôde a barriga, já não pensava se estava ou não esperando um menino de Manel. Arrancou a tramela da janela com cuidado e a abriu. Um claro mais intenso que o da lamparina iluminou o barraco quase por completo. Debruçou-se no parapeito da janela lançando, com sacrifício, metade do corpo para fora. Pôs-se a olhar na direção da cava. Com isso, o cheiro de terra molhada e o gosto insalubre do melechete de Serra Pelada se alojaram na garganta dele. Mantendo a boca aberta, ele começou a engolir o ar que vinha do terreiro enlameado. Da janela, pensou que seria mais fácil inventar todas as clemências de deus do que um dia voltar a descer as escadas adeus-mamãe.

A dor do cu de Zuza ao léu, crescente feito uma centopeia úmida. Com o corpo agoniado, ele sentiu vontade de balançar as mãos como se aquele gesto o ajudasse a amenizar um pouco aquela ardência. Sem saber exatamente por que a agonia provocada pela dor o fez lembrar imediatamente a vó, de cócoras, depenando o pescoço de um galo para degolá-lo. A lâmina da faca dilatando a extensão de qualquer ânsia. Zuza parecia enxergar perfeitamente os peitos moles da velha topando nas bolas dos joelhos. Nos olhos dele, a imagem da mulher. Da faca. Do galo. E do quintal cada vez mais diminuto reacendia as últimas sílabas proferidas na novena dedicada a santa bárbara. A velha, com o corpo totalmente curvado, aparentava ser o caminho que levaria qualquer borboleta a entender o que são dunas tristes. Com a metade do corpo fora da janela, era como se Zuza fizesse um esforço mental para comparar a ardência que sentia por dentro com a dor que o galo sentiria quando sua vó atravessasse, de um lado a outro, a faca no pescoço dele. "É pra fazer no molho pardo", a velha diria, sem remorso, enquanto esfregava a faca na lima. As asas dobradas por debaixo de um dos pés da mulher. O pescoço despenado. A crista ainda mais vermelha.

"O que pode fazer um salmo a favor de uma dor no cu?"

Aos poucos, a dormência foi tornando minúscula a única lembrança que Zuza nutria de cristo. Se soubesse ajoelhar de maneira menos triste e sem odiar ninguém, ele rezaria, de uma só vez, as três rezas que sua vó sabia de cor. Porém, a dor o impediu de preencher o peito de perdão, embora tivesse certeza de que aquilo seria somente um incômodo passageiro. Sentiu desvanecer um pouco o forte cheiro de terra molhada grudado nas palhas do barraco.

Ao voltar a olhar as pernas enlameadas, Zuza pôs-se a rir baixinho. Quando parou de sorrir, deixou a boca entreaberta, a língua meio curvada. Sem querer, voltou a sentir o gosto quase de lodo emanar entre seus dentes. Ali mesmo, decidiu juntar as mãos, ambas espalmadas, na frente do rosto. Fechou os olhos como se quisesse ensaiar uma pequena reza, às pressas, mas pensou no que significaria uma pequena reza feita por um gay com o corpo fatigado. Manteve-se incrédulo, os olhos fechados. A garganta seca. Então disse:

"Deus, semeia em meu corpo a misericórdia da palavra horizonte. Faz nascer nas mãos dos bárbaros a fome dos jardins, amém."

Zuza passou a escutar murmúrios e o arrastar de pés se aproximando de seu barraco, ao mesmo tempo que sentia o cheiro forte de melechete e mercúrio. Eram os garimpeiros caminhando na direção da cava. Inconsolável, afastou-se rapidamente de onde estava. Inquieto, cruzou e descruzou os braços. Cerca de dois metros longe da janela, voltou a passar uma das mãos na barriga. Fez repetidos movimentos circulares por cima do umbigo. Ao longe ouviu a voz de sua vó, feito névoa, dizer que era preciso tomar leite de magnésio para o menino nascer branco. Pelo menos uns cinco litros antes do nono mês. A vó tinha mania de receitar isso para as mulheres buchudas. Ela mesma tomou magnésio quando estava prenha e nenhum de seus meninos nasceu branco. Outra vez naquele dia, voltou a sentir vontade de ter embuchado de outro macho. Queria ver sua barriga toda cheia com um menino dentro dela. Uma das coisas de que tinha certeza era que, se isso acontecesse, ele não tomaria nenhuma colher de magnésio.

Manteve a cabeça erguida. Depois, meneou-a levemente diante daquela ideia louca de parir um menino. Gerar em seu bucho a carne inteira de um corpo alheio. De onde estava, olhou, de maneira obtusa, na direção da janela aberta. A intensidade do clarão vindo da rua irritou, momentaneamente, suas retinas. O barulho dos pés dos garimpeiros cada vez mais perto o deixou incrédulo. Sentindo o lameiro endurecido em suas pernas, pensou em voltar a cuspir entre as poças de lama dentro do buraco, mesmo tendo certeza de que aquilo nunca seria suficiente para matar todas as angústias abraçadas ao peito de deus, ou mesmo toda a vilania dentro dos olhos do marechal. "Parece que é a cor daqueles olhos que oculta a verdade." Foi o que pensou.

Desde que chegou ao garimpo, era a segunda vez que sentia o cheiro de Serra Pelada toda molhada. Aquilo irritou não só o seu nariz, mas o que ainda restava de bondade em seu coração e arrastou para dentro dele pequenas relvas contra o amor.

A ausência de Manel naquele momento fez Zuza notar o quanto seria difícil acender o próprio rosto para dissolver o que havia sobrado da pequena enchente no chão de seu barraco. Pensou no que sempre lhe dizia a velha:

"Menino, quem procura o que não guardou, quando acha se espanta."

A lembrança da voz da vó o fez friccionar os dentes uns sobre os outros e os esfregar até conseguir rangê-los em um misto de ódio e saudade. Para dissimular a raiva, lembrou que fazia uma semana que seu macho havia deixado de ser formiga para virar meia-praça, o que o deixaria ainda mais perto da palavra bamburro e do sonho de comprar para ele, de presente, uma monark barra circular com garupa. O guidom enfeitado com fitas de cetim de várias cores. Selim de duas molas. Os raios levariam pequenas argolinhas de plástico para produzir barulho de chuva, quando em movimento. Os pedais reluzentes, os para-lamas de alumínio.

3

Os garimpeiros, antes de chegarem a Serra Pelada, construíram a mesma imagem daquele lugar dentro de si. Nenhum deles, quando pisava nos primeiros centímetros de chão do garimpo, levava consigo qualquer tipo de remorso ou infelicidade. Àquela hora, estavam inteiramente entregues à esperança do bamburro. Imaginavam-se com pepitas de ouro nos dentes. A boroca cheia de bufunfa. Noitadas nos cabarés de Marabá. Comprar um chevrolet chevette vermelho. A carteirinha amarela com seu nome completo e fotografia. Quando pensavam nisso, o coração acelerava a ponto de quase sair pela boca. A língua salivava com menos frequência. Do nada, havia uns que sentiam até as mãos formigarem bem no meio delas. A maioria prendia a respiração por mais de um minuto quando entrava na estrada de chão que ligava o vilarejo de eldorado ao que tinha sido a fazenda três barras. Não importavam se seriam formigas ou meias-praças. Interessava mais era descer vivos do pau de arara, dentro do garimpo, com a boroca e os documentos em mãos. Conseguir a permissão de entrar e depois um barranco para trabalhar.

No garimpo, ao colocar os pés nos primeiros degraus das escadas adeus-mamãe, cada garimpeiro experimentava uma sensação estranha dentro da garganta. No ar abafado, os rostos acinzentavam-se. A língua ficava ainda mais ressecada. A aridez da terra amarelada da cava enchia de amargura qualquer homem. O peso de alguém sempre a tocar-lhe nas costas. Por um instante, eles esqueciam quase tudo o que sabiam do mundo. De qualquer lugar, o ângulo de visão não dava conta de alcançar o buraco inteiro. Mergulhados naquela incerteza, parecia que, a qualquer instante, os garimpeiros vomitariam, embora a ânsia de náuseas se resumisse a uma agonia em que, a seu modo, eles mal conseguiam cuspir sequer uma gosma esbranquiçada. As unhas já não eram suficientes para salvar o que restara da esperança de cada um. Só não morria neles a imagem do lugar de onde tinham vindo. O que antes era uma montanha, enchia agora o horizonte de vazio e crueldade. Aos poucos, a cava conseguia facilmente dar aos garimpeiros uma visão da linguagem do chão sem ternura.

Olhando de cima do precipício para os desenhos quadrados que formavam cada barranco, era como se os garimpeiros tivessem brotado ali mesmo. Pelas minúsculas sombras de cada um, era possível perceber o quanto a carne e o melechete converteram paisagens e homens em pequenos rostos diluviados pela clemência dos peixes. Era como se o chão e os paredões de terra tivessem parido aquelas carnes de uma hora para outra. Os formigas subindo sem parar os degraus. Os meias-praças cavoucando a terra de maneira alucinada, indiferentes à fome, à fé e aos corpos tristes. Ali, nem deus, nem a natureza teriam forças para abranger mais nada além do sonho nutrido pelos garimpeiros em bamburrar.

O que se sabia era que o marechal tinha batizado quase todos os barrancos com apelidos estranhos, e nunca manteve em sua boca nenhum pedaço de santidade ou glória na hora de escolhê-los. Com a língua maculada, ele os escolheu pensando na inutilidade das auroras. Cada nome proferido pelo marechal eram as suas próprias unhas cicatrizadas dentro das gargantas de pássaros que não guardam mais a esperança das asas.

Dentro do abismo, com os pés atolados no melechete, ou mesmo subindo as adeus-mamãe, é que os garimpeiros, fosse qual fosse a sua crença, sentiam na boca as silhuetas irrevogáveis do abandono de deus. Mesmo feitos à sua imagem e semelhança, era ao redor de seus olhos que eles sentiam que ainda permaneciam vivos, sem entender direito o sentido da palavra remorso. Suas vozes pareciam sair da terra. Abafadas. As carnes doloridas e sujas os ajudariam a entender mais de solidão, menos de amor. Nas retinas, as nuvens por cima do garimpo ampliavam o barro amarelado e deixavam rugoso o delírio do bamburro no coração de cada homem. Por mais que tentassem manter as pálpebras entreabertas, não conseguiam rodilhar nem a metade dos barrancos dentro da concavidade. Era preciso, de vez em quando, colocar uma das mãos por cima das sobrancelhas para enxergar o mais distante possível.

A Serra Pelada é uma terra sem flores. O buraco cada vez mais fundo deixou os garimpeiros com a sede monótona dos horizontes.

Manel, por exemplo, a primeira vez que chegou à beira da parte mais côncava da ribanceira, tentou lembrar-se de uma reza qualquer, mas não conseguiu. Ele sentiu a irremediável vontade de sentar em um dos degraus da adeus--mamãe. Embora, para ele, a palavra biombo jamais fosse significar alguma coisa porque a ideia do bamburro pesava com mais veemência por cima de sua língua. De onde estava, sentiu de novo aquele esquisito cheiro impregnar em seu corpo. Cresceu também, ao seu redor, o zumbido do vento que batia nos paredões da cava. E isso o ajudava a escutar, vez ou outra, a voz dos bate-paus.

No fim da madrugada, na semiescuridão, Manel começou a engolir o mingau de milho, às pressas, porque pressentiu estar atrasado para descer as escadas. "No garimpo, o tempo é a única esperança de bamburrar", pensou nisso quando colocou a primeira colher de cuscuz na boca. A garganta ficou fumegando. Na segunda, foi um pouco mais prudente, soprou quatro vezes a colher cheinha de mingau. Depois a deixou alguns segundos por cima da língua, fazendo com a boca uma espécie de concha, continuou soprando, tentando esfriar o cuscuz. Repentinamente, olhou para a frase escrita a carvão, sabe-se lá deus por quem, na parede do barracão, e repetiu em pensamento:

"Tudo posso naquilo que me entristece."

Tentou dobrar os dedos dos pés, meio aturdido.

Nas reuniões matinais feitas por cada dono de barranco, os garimpeiros, em pé, formavam um pequeno círculo. Ouviam atentamente as instruções antes de irem, para o hasteamento da bandeira, ouvir a cantoria do hino nacional e a fala diária do marechal.

Naquela manhã, Manel, que sempre preferia ficar em silêncio, sentiu vontade de dizer alguma coisa. Hesitou por alguns segundos, mas, sem coragem de falar o que queria, meneou a cabeça um pouco para o lado e viu Joca sentado perto dele. Então, murmurou:

"Essa terra não tem sono. Se pelo menos eu tivesse em minha boca um pouco do gosto do betume da judeia."

Pelo tom de melancolia impregnada na voz dele, aquelas palavras soaram como fala perdida. Ainda assim, Manel fez denotar na boca a vontade de contestar. Olhou para os pés e ficou triste ao ver que suas unhas haviam crescido demais nos últimos dois dias. Elas aparentavam ter o formato de pequenos despenhadeiros vazios vindos do lado mais escuro dos horizontes. Desassossegado, falou o que tanto queria ter dito:

"Desde quando o marechal chegou aqui, é ele quem decide como vão ser as coisas. Ele é a ordem e isso não é nada bom pra nós."

Não teve coragem de olhar a reação dos que, possivelmente, escutaram sua fala. Franziu a testa. Contraiu as bochechas. Prendeu a respiração até aguentar, tentando diminuir sua presença. Abaixou a cabeça pedindo a deus que ninguém tivesse entendido direito o que havia acabado de falar, nem mesmo Joca, e caminhou para o lugar em que todos os garimpeiros deveriam estar às sete horas da manhã para o hasteamento da bandeira e cantar o hino nacional, mantendo firmemente a mão direita sobre o peito, em respeito e louvor à pátria. Enquanto caminhava, ouviu sucumbir o que restara das relvas molhadas de neblina nos pés dos garimpeiros que iam à sua frente. Alguns cabisbaixos. Outros a sorrir, falando das cabarezadas em Marabá e do trinta. Os que escutavam as histórias gargalhavam. Uns falavam:

"Se eu ganhar alguma bufunfa, essa semana vou lá também me divertir um pouco, já que eu não sou de mercúrio."

Às vezes, aquele que estava contando a história respondia:
"A carne é fraca."

Antes de descer pela primeira vez as adeus-mamãe, Manel ficou com vontade de aprender a desentornar a boca. Ouvindo as batidas dos pés no chão dos outros garimpeiros dentro do buraco, ele, por um momento, arrependeu-se de ter chegado àquele lugar. Diante do que viu, teve certeza de que já não daria conta de apontar a utilidade das borboletas. Mesmo com a boca fechada, desejou voltar para Trizidela. Aquilo fez sua gengiva sangrar. Como se tivesse vontade de nunca mais deixar de ouvir sua mulher, queria ali mesmo ter apreendido a inventar outro modo de não sentir saudade. Trizidela estava distante. A mulher e os meninos eram apenas lembranças. O garimpo doía como a vertigem de limos em seus dentes. O marechal era a presença constante, como se fossem ruídos inconclusos abraçados pelos lodos.

Quando ainda era formiga, entre os paredões desconformes de terra da concavidade, esperando seu saco ser enchido de cascalho, Manel toda vez fechava os olhos, apertando com força as pálpebras. Taciturno, tirava do bolso, às pressas, dois dentes de cravos-da-índia. Mastigava-os até sentir o cheiro de túmulo irradiar dentro da boca. A língua ardia. Os dentes formigavam. Quando se lembrou de si mesmo, Manel estava subindo os degraus. Suando sem parar. Levando amarrado na cabeça o que deveria ser o sétimo ou oitavo saco de estopa abarrotado de melechete. Tentou andar rápido. Cambaleou um pouco. A vista embaçou. Tirou o saco de cascalho de cima da cabeça e o colocou no chão. A vontade era terminar de subir as adeus-mamãe e nunca mais voltar ali. Percebeu o corpo todinho rendilhado da luz que embebia parte da cava. Fez um de seus gestos habituais, passando a língua de uma só vez nos dois lábios enquanto esfregava as mãos uma na outra. Depois, sentiu vontade de rir da própria desesperança. Não obstante, puxou a carteira de cigarros. Tirou um. A caixa de fósforos. Riscou dois palitos até conseguir acender o cigarro já na boca. Deu uma longa tragada. Sentiu a fumaça povoar todos os seus dentes. Tirou o cigarro da boca e o deixou queimar por alguns minutos entre os dedos. Começou a soltar a fumaça ora pelo nariz, ora pela boca e a viu se dissipar rapidamente. Tragou de novo. Depois, jogou o cigarro fora e voltou a sustentar o saco de cascalho na cabeça. Caminhou para fora da cava soltando a fumaça daquela vez só pela boca. Pensou no que estaria fazendo seus meninos e a mulher naquela hora. Enguiçou o corpo por causa do peso do saco na cabeça. Nas adeus-mamãe, os solavancos o deixavam sem saber o que seria de si mesmo no próximo minuto.

Perto do meio-dia, Zuza, proibido pelo marechal de descer para garimpar, estava deitado em sua rede quando enxergou, por entre as frestas do barraco, um vulto caminhar pelo quintal. Com raiva pensou: "Viu só, depois Manel queria porque queria que eu tampasse esses buracos com páginas de revistas." Fechou as pálpebras, e apressadamente escondeu o corpo por baixo do lençol. Fez um esforço para tentar ouvir os ruídos. Ficou totalmente parado e diminuiu a respiração. O barulho vindo do lado do quintal o deixou assombrado. Encolheu as pernas. Juntou os braços sobre a barriga. Em poucos minutos, adormeceu.

Zuza sonhou com a vó. A velha parecia ter ressuscitado de sonhos ruins. A boca trêmula. Falando baixinho, ela repetiu cada pesadelo tentando adivinhar que coisa daria no jogo do bicho. A velha sempre se agarrava aos sonhos porque eles eram as únicas coisas em que acreditava piamente. Isso o fez pressentir que ali mesmo sua vó estava nua. Andando sem parar nas mediações do quintal de seu barraco. Os pés arrastados, misturados à terra do chão do garimpo e às folhas do abacateiro. Tentou acenar para ela. Cada vez mais atarantada, a velha não o reconheceu.

Ele acordou com o peito encharcado de suor. Sentou na rede. Deixou as pernas estiradas, querendo se balançar.

Mesmo mantendo os olhos abertos, ficou com vontade de rezar um creio-deus-pai, mas imaginou ser uma blasfêmia fazer isso com a boca toda tomada por um gosto insalubre no meio de um garimpo. O cheiro do melechete voltou a impregnar seu barraco. Por isso pensou: "Se ao menos voltasse a chover para fazer o cheiro de palha molhada ocupar a praga desse fedor de falésia."

O mais sensato a fazer, antes dos bate-paus ou do marechal descobrirem tudo, seria levantar. Desarmar a rede. Juntar as coisas que tinha. Colocá-las num dos bolsos da boroca e ir embora de Serra Pelada. Sair de lá sem forças para pronunciar qualquer palavra. Atravessar o vilarejo de eldorado cabisbaixo. Olhos fechados. Lábios semicerrados. Pernoitar em Marabá. De manhã, seguir para Barra do Corda, em uma viagem de quase dois dias. Chegar à casa de sua vó no início da noite. Na manhã seguinte, ele e ela tentariam decifrar os próprios sonhos para ter um palpite certeiro no jogo do bicho. E ainda acertar uma milhar ou mesmo um terno. Ambos se salvando, dia após dia, da fome. Ao lembrar de seu macho, murmurou:

"E Manel? Como fica nisso tudo?"

Mesmo não conseguindo rezar, Zuza pulou da rede. Contraiu as pálpebras. A consciência pesou por ter pensado em ir embora do garimpo. Caminhou mantendo os olhos entreabertos até o quintal. Ao chegar lá, pegou de dentro da gamela, feita de pneu de carro, um dos pratos de esmalte brancos com o desenho de duas pequenas bromélias vermelhas no meio. Tirou a camisa e esfregou o prato até perceber que estava enxutinho. Voltou para o barraco segurando-o com as duas mãos, como se ali o sudário de cristo ainda fosse capaz de nunca mais responder pelo abandono de ninguém. Ficou olhando para a imagem das bromélias até entrar no barraco e perceber que o escuro fez a cor vermelha das flores ficar amarronzada.

Dentro do cômodo, abriu a janela e pôs o prato ali, no meio do peitoril. Andou apressado na direção da boroca dependurada. Próximo a ela, meteu uma das mãos e trouxe de dentro dela um pedaço de papel. Voltou até a janela. Quando se aproximou, tirou do bolso do short uma caixa de fósforos. Pegou um dos cinco palitos que ainda restavam. Riscou até pegar fogo. Acendeu o papel e o jogou ligeiro em cima das bromélias. Enquanto o papel queimava, redobrou o esforço para se lembrar de toda a fisionomia do rosto enrugado da vó. Do sinal perto do nariz. Da testa repleta de linhas. Manteve os lábios cerrados. Roçou levemente a língua no céu da boca, tentando deixar renascer na garganta o mais profundo cheiro das auroras, mas era como se estivesse ainda mais longe de Barra do Corda e das singelezas de deus.

O forte cheiro da fumaça do papel queimando fez Zuza esquecer, por um instante, que estava em um garimpo. Naquele momento, seria impossível lembrar-se até mesmo do marechal e de seus trinta bate-paus. A fumaça subindo lentamente dentro do vão da janela o fez pensar detidamente na br duzentos e trinta. No transbasiliana sacolejando. Nas ruas enlameadas de Barra do Corda. Nos cachos de pitombas amadurecendo no fundo do quintal da casa de sua vó. No meio do prato, o fogo consumia vagarosamente o pedaço do papel. As bromélias ficando pretas e sem sentido. O peso da ausência de Manel, da lonjura do garimpo até o Maranhão lhe causou certo incômodo. Naquele instante, teve certeza de que não teria chances de bamburrar, embora nem estivesse lembrando que naquele dia fazia exatamente um mês que estava proibido de descer à cava ou mesmo de garimpar em qualquer pedaço de Serra Pelada.

No momento em que o papel virou apenas cinzas, Zuza pegou o prato. Segurou firme com as mãos. Depois levantou o objeto à altura do rosto e soprou forte até as cinzas caírem no chão. Em seguida, mirou a imagem, quase amarelada, que havia ficado desenhada em cima das bromélias. Ele conseguiu distinguir o bicho que ficou gravado. O desenho era grande, parecia manter o corpo meio curvado. Então, disse:

"Vai dar urso."

Imediatamente lembrou-se de quando a vó falou que nunca havia jogado no urso. Ela dissera que no jogo do bicho o urso representava a morte. Sonhar com formigas. Perdendo um dos pés da sandália ou arrancando dente era morte na certa. De certeza daria urso na cabeça.

Sentiu vontade de jogar o prato no chão. Esquecer a imagem que tinha visto. Assombrado, fez a promessa de nunca mais jogar no jogo do bicho. Enxergou nitidamente diante de si a figura da vó se benzendo. Meio agoniado, não soube o que fazer e por isso voltou a olhar para o prato. Mirou mais uma vez a imagem desenhada pelas cinzas. Teve ainda mais convicção de que era mesmo um urso. Segurando o prato com as duas mãos, aproximou-se da janela. Sentiu a brisa resvalar sobre parte de seu rosto. Imaginou que depois seria tarde demais para abandonar o garimpo. Recostou a metade do corpo no parapeito da janela e ficou olhando na direção da cava por alguns minutos. Pensou em Manel. No alma de flores de que ele tanto gosta de borrifar por cima do peito. A densidade do ar fez seus olhos lacrimejarem. Imaginou que o marechal, e não Manel, fosse obrigado a aprender a beijar as ruínas. Em seguida, juntou saliva dentro da boca e cuspiu no meio do terreiro.

Criou coragem e jogou o prato no chão. O objeto rodopiou por alguns segundos. Zuza, assombrado pelo que viu, afastou-se da janela. Mergulhando dentro da penumbra do barraco, levou, com muita dificuldade, as mãos à altura do rosto. Fechou os olhos e se benzeu, dizendo baixinho:

"Carne, pão e amor, amém."

4

Contou somente seis homens espalhados pelos mais de vinte bancos de madeira. Cinco sentados à esquerda e um do lado direito. Três deles mantinham as costas curvadas como se ainda estivessem sustentando o saco de cascalho. O da direita aparentava querer ajustar os pés nos degraus das adeus-mamãe, porque remexia os dedos dos pés sem parar.

Confirmara o que já vinha observando. A quantidade era menor do que da última missa. Três velas acesas sobre a mesa, no centro do altar. Um cálice vazio, porque o marechal, desde que chegou, tinha proibido muitas coisas no garimpo, inclusive qualquer tipo de bebida. Uma cruz de ferro. A imagem de uma santa talhada em madeira e envernizada, com o corpo curvado lado a lado com a cruz. Dois retalhos de pano branco e algo que parecia ser um pedaço de pão massa fina. O cheiro de incenso a impregnar cada centímetro. O calor excessivo provocado pelas palhas e os pedaços de lona, que formavam o telhado improvisado da igreja.

Diante dos seis garimpeiros, o padre Zacarias sentiu o frio acomodar-se na cabeça dos dedos dos pés. Ele já não conseguia esconder a desilusão de celebrar missas para poucos homens em um lugar com milhares deles precisando ouvir a palavra de deus. Assim mesmo, levantou a mão. Manteve os dedos colados. Fechou os olhos. Apesar de desgostoso, estalou a língua como se fosse necessário pedir silêncio. Demorou dois minutos em transe. Cabeça erguida. Depois repuxou a batina na altura do peito e fez a coisa certa: iniciou a homilia. Movimentou, menos ansioso, os lábios. Manteve a cabeça erguida. E, enquanto rezava em silêncio, dividiu seu pensamento entre escrever um sermão para a próxima missa que tivesse a ver com riqueza, pobreza e céu e a letra do pai-nosso que balbuciava naquele instante.

Terminou de rezar e, por uns segundos, mirou com descrença os bancos em que não havia nenhum garimpeiro sentado. Fazia dias que havia perdido o excesso de confiança com a qual tinha chegado ao garimpo. Por isso, por um momento, pensou em dizer aos que ali estavam o que quer que lhe viesse à cabeça. Proferir palavras ríspidas. Falar das profecias. Balbuciar o livro de apocalipse todinho, até os garimpeiros compreenderem mais de comiseração do que de bateia, barranco e bamburro. Mas sentiu-se desencorajado quando, bruscamente, virou a cabeça e viu, de relance, a figura totalmente arqueada de nossa senhora da consolação em cima da mesa. De novo, endireitou o tecido da batina em volta do pescoço, de modo que pudesse sentir melhor a rajada de ar que, de vez em quando, entrava pela porta da igreja. Sem conseguir expor-se a outra distração, forçou as pernas contra o chão, tentando comprimir a carne do peito. Pelo movimento das mãos, ficou evidente que não tinha pressa em iniciar a leitura de seu sermão.

O texto escrito na noite anterior falava da ressurreição de cristo. Dos martírios até chegar à cruz. Da peregrinação em jerusalém, montado em um jumento franzino e cinzento. Do raminho de palha meio esverdeado. Falava em algum momento sobre a ferida de erguer mais distâncias. Da boca contorcida de judas, antes de levantar da ceia e beijar as bochechas do traído. Do espanto dos demais discípulos, inconformados, a se perguntarem uns aos outros: "Quem dentre nós?" Da boca terna de cristo. E por fim, da luz transparente em que aquele homem havia se transformado, depois de três dias, após ser retirado da cruz, mas trazendo consigo, mesmo enrolado em um sudário, a feição de quem só poderia ter renascido fedendo a sangue e a vazios. De quem, no momento da morte, foi capaz de duvidar do que estava consumado.

Como se estivesse acomodando, com muita dificuldade, minúsculos édenes entre os dentes e com a voz embargada, o sacristão fez os seis garimpeiros experimentarem o nascimento da concavidade do amor no céu. Descrevendo a limpidez irrevogável de lá, o padre Zacarias engendrou em cada um deles a única maneira de atravessar a infância sem remorso. Provavelmente, cada homem sentia a própria epiderme eriçar. Nas missas, a palavra bamburro nunca ganhou nenhum sentido. O próprio padre, desde que chegou ao garimpo, jamais a pronunciou. Tinha vontade de dizer aos garimpeiros que não existe garimpo no céu.

A leitura e a explicação do sermão foram longas. Os livros de mateus, marcos, lucas, joão e apocalipse foram resumidos em um intervalo de quase duas horas de missa. Explicou o sermão como se estivesse diante do mundo ferido pelas papoulas. No fim, o padre, rapidamente, passou as mãos pela batina inteira voltando a agasalhá-la sobre o corpo. Piscou os olhos três vezes como se aquilo nunca fosse capaz de negar cristo. Sentiu vontade de apoiar as costas em algum lugar. Com cicatrizes de rancores na língua, falou de maneira improvisada:

"Serra Pelada é grande, mas o ouro dentro dela não durará a respiração de um peixe."

Ao terminar de falar, temerário, olhou disfarçadamente de canto do olho para os seis garimpeiros. Ouvindo as palavras do padre, os homens se entreolharam de maneira dubitável. Ao perceber a reação dos olhares, Zacarias sentiu-se tonto. Sabia que, se o marechal ou os bate-paus tivessem escutado aquilo, a atmosfera dentro da igreja estremeceria, mesmo o padre sabendo que a terra do garimpo estivesse sempre suja de misérias e medos. O acordo é que ele não poderia falar disso em suas missas.

O sacristão arqueou um pouco a cabeça, deixando-a na mesma posição em que estava a de nossa senhora da consolação. Juntou as mãos na altura do peito. Deixou os dedos separados. Murmurou alguma coisa, que só deu para entender o amém quase cantado como se tivesse saído da boca de outra pessoa. Depois levantou a cabeça. Arregalou os olhos. E se benzeu por duas vezes.

Ao final da missa, diferente das outras vezes que sempre mantinha uma das mãos colada à batina, o padre Zacarias levantou as duas mãos visivelmente agitado. Espalmou-as para a frente. Esboçou um sorriso para disfarçar a irritação. Deixou os olhos fixos nos seis garimpeiros e disse, quase gritando:

"Ide em paz!"

Esperou ouvir o amém, mas nenhum garimpeiro disse nada. Nos segundos seguintes, o arrastar dos pés quebrou o breve silêncio. Pelo barulho dos passos, os homens saíram cansados, pareciam ter terminado de subir mil adeus-mamãe.

Sozinho, Zacarias encostou a porta da igreja. Perto do púlpito, fechou a bíblia. De onde estava, assoprou forte até conseguir apagar as velas. Penoso, deitou a imagem envernizada de nossa senhora da consolação. Por cima dela, colocou um dos pedaços de pano e com outro a embrulhou. Cobriu a cabeça da santa como os que nascem agarrados à benevolência. Cruzou as mãos nas costas. Só depois apagou as lamparinas e caminhou para seu barraco nos fundos da igreja.

Naquele dia, passou boa parte da noite se debatendo dentro da rede, sem sono. Imaginou que nenhuma quermesse salvaria os seis garimpeiros que estiveram presentes na missa. A imagem da igreja cada vez mais vazia e as histórias de bamburro deixaram Zacarias consternado. Sentiu no meio da língua a sede que cristo havia experimentado ao caminhar até o calvário, carregando no ombro a própria cruz. O dorso fumegava como se o peso daquela mesma cruz alimentasse, só com cãibras e a malária, todos os seus músculos. Sentiu uma angústia alastrar-se na garganta e isso o fez lembrar que as hóstias que haviam na igreja, mesmo com o público diminuto, só dariam para mais uma semana de missa. E que era preciso ir até Marabá pegar mais na diocese da cidade.

O tecido em náilon da rede o incomodava. Para ver se conseguia dormir, demorou bastante tempo com os olhos fechados. Apertou as pálpebras o máximo que pôde. Deixou a boca aberta, com uma largura de quase três centímetros, com a intenção de respirar melhor. Como não dava para se balançar, por causa da distância entre a rede e a parede de taipa, sacudiu as pernas, obsessivo. Isso o deixou ainda mais afundado na insônia. Repetiu sem parar:

"Pai, por que me abandonastes?"

Cochilou e, logo nos primeiros minutos, começou a sonhar que estava nuzinho dentro da igreja. Com um terço de pedrinhas brancas envolto no pescoço que batia perto do umbigo. Na boca, nasceu o gosto de brejo. Por isso, sentiu-se menos entardecido. Sem explicação, mesmo longe do púlpito, a fumaça das três velas acesas fez seus olhos arderem. Um deles ficou repentinamente úmido. Percebeu que o cheiro de parafina havia plantado em sua garganta o desejo de sexo. Diante de seus olhos, uma enseada pequenininha cresceu junto aos seus pés. Quando ouviu, vindo não sabe de onde, uma voz a dizer lhe: "Ide e multiplicai-

-vos." No mesmo instante, a pica ficou dura. Latejava. Sem receios, acariciou-a, usando as pontas dos dedos. Incontrolável, cuspiu em uma das mãos e começou a bater uma punheta, repetindo baixinho a si mesmo:

"Ide e multiplicai-vos."

Por volta das quatro horas da manhã, o padre acordou aturdido, no escuro mesmo, pulou da rede. Pôs-se de joelhos e se benzeu de maneira frenética. Mesmo tendo apagado a lamparina, antes de ir deitar, o cheiro de querosene ainda circundava o barraco. No meio dos pés, sentiu uma dor inexplicável. Voltou a ficar de pé quando a batina tocou de leve em sua barriga, passou a mão e percebeu que, naquele lugar, ela estava bastante melada. Friccionou os dedos e cheirou. Era gala. Não conseguiu sentir nem ódio, nem nojo. A boca ficou rarefeita. Como o padre Zacarias não era homem acostumado a espantos, enrubescido, sentiu vontade de chorar, embora soubesse que não podia fazer aquilo em Serra Pelada. Os olhos começaram a molhar por dentro. As sobrancelhas foram decaindo bem devagarinho. Enrijeceu a testa. O homem abriu o quanto pôde as duas pálpebras para dilatar um pouco as pupilas. Apertou os dentes uns sobre os outros, sem rangê-los. Pressionou a língua na parte de cima da boca e foi aos poucos fazendo com que aquela vontade de chorar morresse dentro de si, conforme seu pai lhe havia ensinado, ao dizer, repetidas vezes, que homem não chora. Ajoelhou novamente. Tirou o terço do pescoço. Esforçou-se para que as carnes das mãos ficassem menos inteiriças como se fosse possível, ali mesmo, adornar pela última vez a solidão das neblinas. Rezou vários pai-nossos e ave-marias, tremendo sem parar.

Depois disso, começou a andar de um lado a outro, dentro do barraco. Comprimiu a garganta, evitando respirar, mas sentiu, não sabe vindo de onde, um forte cheiro de mariposas molhadas de relvas. Assombrado, seu corpo ficou frio. Isso o fez desistir de tentar dormir. Resolveu escrever uma carta para sua mãe e outra para a sé episcopal de Marabá. Acendeu todas as cinco lamparinas. De caneta e papel nas mãos, escreveu apenas trinta linhas em cada carta. Na dirigida à mãe, ele relatou suas tristezas vivenciadas em Serra Pelada. Em apenas dois parágrafos repetiu a palavra amargura mais de cinco vezes. Falou ainda da incapacidade de trazer garimpeiros às missas. Na última que havia celebrado, apenas seis homens, dois dos quais pareciam ainda estar descendo a cava. Na carta destinada à diocese, escreveu sobre sua desilusão em ter ido parar naquele garimpo. Dos poucos garimpeiros nas missas. Da tristeza em ter que escrever sermões para homens que pensam mais em ouro do que no paraíso. Que obedecem mais ao marechal que aos desígnios de deus. De sua impotência de continuar à frente da igreja em uma terra em que homens sonhavam mais com o bamburro do que com o céu.

"Eles preferem mil vezes cheirar dinheiro a sentir os aromas dos bálsamos de deus."

Enviaria as cartas pela manhã. Voltou a passar os dedos na parte melada na batina, mas a gala já se tinha transformado em pequenas crostas. Ao olhar, viu manchas amareladas. Então fez de conta que eram apenas gotículas de água do rio Sereno.

A fila imóvel. Quase todos ainda do lado de fora da agência. O padre reclamava da demora repetindo, de minuto a minuto, a palavra amém. Aos poucos, ele sentiu as mãos começarem a tremer. Era a primeira vez que enviaria cartas. A batina cobrindo a maior parte corpo, inclusive os braços, sufocava-o. As alpercatas esquentavam os pés. Por causa disso, a memória trouxe-lhe a imagem do quadro de nossa senhora do amparo, dependurado na parede da casa de sua mãe, em Teresina. A mulher segurando firmemente em um dos braços o seu menino jesus nu. Alvo. Joelhos dobrados. Olhos piedosos. Uma das mãos à altura do peito. Sem sorrir.

Enquanto o padre esperava na fila a sua vez, o envelope entre seus dedos aparentava que, a qualquer momento, furaria sua mão, como se fosse elaborar uma nova cava. O crucifixo no pescoço aumentou a sensação de calor e abandono no resto do corpo. As retinas fumegavam por causa de mais uma noite em claro. Dava pena vê-lo no meio do sol quente do garimpo metido em uma batina empoeirada. Ele que mal saía de seu barraco ou da igreja. Os garimpeiros à sua frente fediam a dinheiro. Bebidas. Fumaça de cigarro. Querosene. Espermas e sabonete senador. Antes de entrar na agência dos correios, decidiu, mesmo sem pedir autorização ao marechal, criar um confessionário. Embora a única certeza fosse a de que, daquele lugar onde estava instalada a agência dos correios, a visão de Serra Pelada era totalmente diminuta.

Voltou dos correios sem levantar a cabeça. Durante o trajeto, o chão amarelecido deixou suas retinas da cor de âmbar. A boca salivando muito. Ao chegar ao barraco, a primeira coisa que fez foi tirar a batina molhada de suor. Nu, ficou impressionado com a brancura de suas pernas. Passou alguns minutos admirando a alvura da parte do corpo que sempre ficava encoberto pela batina. A cor de suas pernas estava à imagem e semelhança do menino sustentado nos braços de nossa senhora do amparo.

O mais espantoso foi perceber que, ao redor de sua pica, os cabelos haviam crescido demais e estavam esbranquiçados como se tivessem envelhecido mais do que a sua própria idade. No fim, compreendeu que aquilo era o sinal mais religioso que ainda guardava no corpo naquele instante. Vestiu o único short que possuía. Havia quanto tempo não usava uma coisa daquelas? Desde quando entrou no seminário pela primeira vez. Sentiu-se estranho vestido em um objeto tão curto. Mesmo estando sozinho, cobriu o rosto com as duas mãos sentindo vergonha de ver a si mesmo envolto nas próprias carnes quase nuas. Criou coragem e jogou dentro da boroca o resto das roupas. Os documentos. O terço. O crucifixo de prata. O resto do sabonete. O deo colônia. O pente.

Não era ainda meio-dia quando o padre Zacarias afundou dois dedos dentro do pequeno recipiente de minancora. Levantou os braços e levemente passou a pomada nos sovacos. Entrou na igreja pela última vez. Perto do púlpito, colocou em pé a imagem de nossa senhora da consolação. Acendeu as três velas. Abriu a bíblia no livro de eclesiastes. Em seguida, saiu da igreja com as carnes de seu corpo já fedendo a melechete. Quando terminou de fechar a porta, abriu a batina e a colocou no chão, meio metro distante da porta, como se a estendesse para quarar. Pôs duas pedras em cima. Franziu a testa. Deixou as pálpebras decaídas. Cuspiu duas vezes. Viu a gosma esbranquiçada fazer um chiado baixinho, fervilhando. Depois, ela misturou-se à terra do garimpo. Virou as costas e saiu rumo à cava. Foi procurar um barranco para trabalhar.

Zacarias, quando falava o nome de Serra Pelada, parecia fazer emergir, de cima de sua língua, um pequeno pedaço de pentecostes. As letras saíam de sua boca, uma a uma, trazendo consigo o cheiro mais antigo de moisés com o corpo todo lambido pelas moscas do monte sinai. Parecia querer meter a mão no peito e trazer lá de dentro um pedaço do egito santificado pela ausência de deus. Ele havia aprendido a se consolar sozinho, sem a necessidade de duvidar de outros homens ou das rezas que sabia. Consolava-se pensando no pai, morto havia mais de sete anos, e na saudade de casa.

Dentro da cava, esperando o saco ser embatumado com cascalho, foi que Zacarias sentiu pela primeira vez ódio de si mesmo. Raiva do céu. De deus. Da santa ceia. Das epístolas. Desejou estar lá, sentado em uma das cadeiras. Aproximar-se de cristo antes de judas. Beijar a bochecha do santo homem e sentir o espanto de cada apóstolo. Rir de pedro, condenado a negar o mesmo homem por três vezes. Ao ver o saco quase cheio de cascalho e o melechete escorrendo, sentiu nojo de todos os santos. Dos bate-paus. Do marechal. Dos pedaços da bíblia em sua cabeça. Da pa cento e cinquenta e cinco. Talvez a mulher concebida sem pecado o olhasse com ternura, pois ele estava no exato lugar onde a pátria não fazia sentido.

O saco de cascalho amarrado e sustentado ao redor dos ombros. A camisa empretecida de melechete.

"Em que lugar o meu umbigo foi enterrado? Na porteira de alguma fazenda?"

Meteu-se em uma fila e caminhou lentamente pensando nisso. Atravessou vários barrancos. À sua frente, alguns gemiam de dor. Descalços. Subindo as escadas diante dos olhos de outros de pouca fé. Insinuou rezar uma salve--rainha, somente mexendo bem devagar a língua.

Ao terminar de subir o último degrau da adeus-mamãe, sentiu-se cansado, igualzinho a quem teve a obrigação de engolir o desprezo por todos os milagres. Fez uma promessa. Caso bamburrasse, iria mandar fazer o retrato grande do marechal. No outro dia, voltaria ao garimpo só para dependurá-lo na porta da igreja e ver se assim mais garimpeiros iriam à missa quando fosse para lá o novo padre.

Quando Zacarias desceu à cava, segurando firme o saco ainda vazio, olhou detidamente outros formigas subindo as escadas espalhadas de maneira disforme entre os barrancos. Introspectivo, percebeu, em cada um deles, a tarefa de elaborar o desenho de um cristo obrigado a subir a escada para ser crucificado. Mais uma vez os garimpeiros estariam esquecidos do pão e do amor por causa do dinheiro.

Ao longe, viu o marechal rodeado de bate-paus. A mão direita, a todo o tempo, por cima do revólver preso na cintura. Sorria, satisfeito, porque proibira a entrada de mulheres, armas e bebidas. A venda do ouro somente na agência improvisada da caixa econômica. O homem gesticulava as mãos freneticamente. Os bate-paus sorriam.

No primeiro dia de formiga, Zacarias ficou com vontade de sair do brefo. Desejou ver os dez garimpeiros do barranco bamburrados. Pegar o transbrasiliana. Ir desenterrar umbigos onde houvesse. Voltar ao garimpo e enterrá-los na boca amarelada do marechal. Emudecê-lo. Nunca mais ele teria coragem de exclamar:

"Aqui eu sou a pátria!"

5

O chiado do arrastar dos pés no chão. O barulho das picaretas revirando a terra. Os sacos de cascalhos sendo jogados por cima das cabeças dos formigas. O rangido dos degraus das adeus-mamãe. O vozerio e o rumorejar de frases que se misturavam faziam com que os garimpeiros voltassem para seus barracos profundamente atordoados no começo da noite. Nem mesmo o hino nacional cantado de manhã cedinho, ou o que havia falado o marechal, em seu discurso diário, serviriam para amenizar a desesperança. A cava era engolidora de sonhos. Qualquer circunstância embrutecia os homens. Tinha dias que, dentro ou fora dela, as horas pareciam uma eternidade. Tudo era longe. Marabá. Santa Inês. Itaituba. Parauapebas. Barra do Corda. Eldorado. Trizidela. Araguaína. Conceição do Araguaia.

    A palavra que mais demorava na boca dos garimpeiros era bamburro. Umedecia por dentro as retinas. Quando a pronunciavam, eles quase sempre semicerravam os olhos. Sentiam dissipar-se a grande perversidade do marechal. A miséria não seria mais a verdade aquiescida. Ao falar bamburrar, a paisagem dentro da boca desadormecia e era como se cada letra daquele nome pesasse todos os vocabulários impossíveis dentro da beleza. De alguma maneira, quando terminavam de pronunciá-la, os garimpeiros deixavam escapar, por entre seus dentes, um cheiro insuportável de terra molhada. Pareciam ampliar, cada vez mais, a distância incapaz de comover os abismos. Bamburrar não era vocábulo. Era horizonte ternurado.

Nas noites em que se encontravam às escondidas, Zuza sentia vontade de curar Manel das desesperanças. Tirar de entre os dentes dele a tristeza que cada letra da palavra bamburro possuía. Extinguir de suas retinas a sanha pelo ouro. Bamburrar era a febre terçã para a qual não havia cura nas carnes dos garimpeiros. Eram as chuvas que um dia ajudariam a alagar a cava.

Zuza, às vezes, chegava a pensar em Manel enlouquecido. Pele e ossos. Barba grande. Descalço. Short e camisa rasgada. No sonho dele de bamburrar estava o desejo de comprar uma casa na beira do rio Mearim e uma monark barra circular verde para dar a seu macho de presente. Trizidela. Sua mulher. Os meninos. As mãozinhas dos dois acenando. A avenida afonso pena repleta de girinos saindo de dentro da água lamacenta do rio Mearim. Quando isso acontecia, enxergava a imagem de Manel, sujo de melechete da cabeça aos pés. As unhas grandes. Dobradas. Prontas para cavar mais fundo a metragem dois por dois do barranco. As pupilas vermelhas como se tivesse decorado as rezas do livro de são cipriano. Os cabelos empoeirados. Caminhando por toda a área do garimpo, falando sem parar:

"Hoje eu bamburro, hoje eu bamburro."
O ritmo de seus passos desconexos. Pouco se importando se o abacateiro e a mangueira plantados no quintal de seu casebre vingariam. Desorientado, movia as mãos na distância exata de quem segurava uma bateia invisível. Sem medo dos bate-paus e do marechal. A boca sempre entreaberta. Os olhos ora fechados, ora arregalados. Por cima de sua língua emergindo a frase:
"Hoje eu bamburro, hoje eu bamburro."
As carnes fedendo a horóscopo de um deus inconsolável.
Se Zuza falasse sobre interlúdios a seu macho, com certeza, esse pensaria imediatamente na solidão de sua mulher. Na tristeza de outros machos desejando comê-la enquanto ela voltava da feira pela avenida afonso pena, sentindo a brisa do rio Mearim bater em suas pernas. A mulher, inocentemente, com vontade de saber em que direção ficava Serra Pelada. Pensava nos dois meninos deixados em Trizidela. As mãozinhas deles erguidas a balançarem de um lado a outro. Na fome de todos eles. Na promessa de só voltar para casa quando bamburrasse. Voltar brefado jamais. Na promessa de construir a casa com alvenaria de oito furos e a cobertura com telha brasilit. Um sifão branco no banheiro. Comprar o fogão esmaltado vermelho e com abas dos dois lados. Botijão de gás. Nunca mais a mulher cozinharia em fogareiro. Não sentiria mais os olhos arderem enquanto tentasse acender o fogo. O abano de palhas desgastado. As farpas de pau a furar os dedos dela. A agonia de preparar a comida antes do meio-dia. O cheiro de arroz fogueado. Não precisaria mais usar anil e limão para tirar as manchas das

roupas. Pensando em seu homem enlouquecido, ele contraiu os lábios e disse:

"Eu queria que o meu santo expedito fosse de borracha, e não de barro, pra eu poder banhar ele, de vez em quando, nas águas do rio Vermelho."

Em seguida esfregou uma das mãos na boca, como se, ao terminar de falar, tivesse erguido, sem querer, entre os dedos dos pés, centenas de palafitas desgastadas. O nome de santo expedito o deixava com vontade de morder a própria língua e de novo prometeu que nunca mais abriria a porta de seu barraco à noite para Manel. Pensava em diluir em rezas os remorsos que sentiria ao cumprir a promessa e novamente repetia:

"Quando estiver no paraíso, lembra-te de mim."

Zuza mantinha a recordação mais profunda das incontáveis vezes em que Manel narrou a ele de como a mulher fazia para saber se era menino ou menina. Tonturas. Dores de cabeça. Vômitos. Pés e mãos começando a inchar. A menstruação atrasada quase três meses. Quando descobria a prenhez, ela obrigava Manel a comprar uma galinha no mesmo dia. Amarrava os pés do bicho com embira. Depenava o pescoço. Batia a faca no local depenado até o sangue chegar ali. Depois cortava. Aparava o sangue em uma xícara. Afastava-se da galinha e o bicho ficava a se debater no chão, à procura do ar para respirar, sem entender de clemências. As asas enchiam-se de terra. Depois a depenava toda, usando água quente. Limpava por dentro. Espalhava as vísceras da criatura no quintal. Guardava a moela, a cabeça, o pescoço, as asas e o fígado. Cozinhava o restante.

Quase pronta, fazia o molho pardo jogando o sangue dentro da panela e mexendo bastante.

Na hora do almoço, era Manel quem revolvia a panela à procura do coração da galinha, perdido no meio dos outros pedaços. Quando o encontrava, tirava da panela. Jogava em cima do prato. Suspirava. Sentavam os dois um perto do outro. Sentia o cheiro de azeite de coco subir da saia da mulher. O de mamona a exalar das canelas dela. Por alguns minutos, mirava consternado a colher suja de sangue escurecido. Era aquela coisa capaz de dizer se seria menino ou menina. Caso o coração estivesse aberto, seria menina. Do contrário, menino. Das vezes em que aquilo aconteceu, não havia felicidade em saber. Com o bucho crescendo, serviria apenas para responder a quem perguntasse:

"E aí, mulher, já sabe se é menino ou menina?"

Ela passava as mãos por toda a barriga, e respondia em seco:

"Menino."

Zuza ouvia atentamente a história sem tirar os olhos de Manel. O homem contava aquilo gesticulando o corpo. No fim, ficava suado. Parecia ter acabado de chegar de baixo de uma chuva. Nem assim Zuza desapaixonava.

As nódoas do garimpo de Serra Pelada fizeram com que Manel deixasse minúsculos bangalôs espalhados nas mãos dos dois filhos que acenavam suplicantes até o pai desaparecer, indo atrás de enriquecer, em meio ao sol quente, sem dia para voltar. Os dedinhos lambidos pelo vento. No meio do terreiro, os meninos ficaram longos minutos embevecidos. Antes de virar as costas, Manel sorriu, intrepidamente, para a mulher. Ela o fitou sem dizer uma palavra. Dele sobraram rumores. Por incontáveis dias, o mais novo voltaria, sagradamente, àquele lugar, no horário em que viu o pai distanciar-se. Fixava os olhos na direção em que o homem partira e acenava demoradamente. Diferente da primeira vez, o menino usava agora as duas mãos. Dedos juntinhos. Inocente. Até não aguentar manter os braços erguidos.

Naquela manhã, logo depois do hino nacional, o marechal anunciou a inauguração do armazém da cobal. Afirmou ser o progresso chegando a Serra Pelada. Pela reação dos garimpeiros, o marechal percebeu que eles não sabiam o que era a cobal. Então foi obrigado a explicar. Ouvindo aquilo, os homens irromperam batendo palmas por mais de cinco minutos. Sorridentes.

"Não precisamos mais ir para Marabá ou para o quilômetro trinta comprar coisas."

Foi o que se ouviu de alguns.

O marechal levou as mãos ao rosto na tentativa de colocar os óculos que havia se esquecido de pô-los na cara. Equivocado, subitamente, disfarçou, passando as mãos nas orelhas, fazendo um movimento perpendicular. Esfregando a parte detrás delas. Sem entusiasmo, embora satisfeito por exercer todo o poder sobre qualquer coisa dentro do garimpo.

O barracão recebeu os últimos retoques e em dois dias foi inaugurado o armazém. Depois da cobal, ficou proibida a compra de qualquer coisa fora do garimpo, principalmente de mantimentos e ferramentas.

Logo nos primeiros dias, com a chegada da cobal, grande parte dos garimpeiros notou a diferença dos preços de tudo o que era vendido. Às vezes, o valor chegava a ser quase o triplo da mesma coisa vendida em Marabá ou no quilômetro trinta. Perceberam isso enquanto rodopiavam a bateia, cavavam os barrancos, ou subiam as adeus-mamãe. As reclamações começaram a ganhar corpo.

"Tá tudo muito caro."

Dívidas. Fome. Esperança. Bamburro. Brefo. Cobal. A salva de palmas doendo em cada grama de ouro garimpado nos barrancos. Por todos os lados, estavam as vertigens dos óculos escuros do marechal. Os bate-paus que não poderiam ouvir as constantes reclamações.

A exatos seis dias depois da inauguração, a cobal foi arrombada. Duas tábuas arrancadas de um dos lados. À noite mesmo, o marechal ficou sabendo do roubo. Levaram arroz. Feijão. Sardinha. Farinha. Sal. Açúcar. Café. Bolacha de água e sal. Dois litros de querosene. E três lamparinas. Os rumores do roubo se espalharam rapidamente por todo o garimpo. Obstinado, o marechal não deixaria barato, como nunca deixou para trás nada na vida. Prometeu recompensas a quem denunciasse. A madrugada inteira foi possível ouvir as botinas de borracha dos bate-paus batendo contra os pedregulhos nas vielas de Serra Pelada, misturando-se ao som das palhas balouçando por cima dos barracos. O medo tomava conta do garimpo.

Desmoronariam mais barrancos amanhã? Quantos seriam soterrados em busca do bamburro? A garganta entupida de melechete. O nariz repleto de pequenas pedras. Os ouvidos zumbindo sem parar. O peito sem ar.

Ao descobrir quem havia feito o furto, às seis da manhã, os bate-paus trouxeram o homem amarrado pelas mãos. Descalço. Caxingando. Sangue escorrendo pelo nariz. Ao redor dos olhos, marcas arroxeadas. Vestido com uma cueca branca, manchada por pequenas nódoas próximas ao pau. Provavelmente, das punhetas ou do melechete. Manchas que o reflexo do sol deixou ainda mais vivas. Antes de os garimpeiros descerem a ladeira para cantar o hino nacional, na praça central, o ladrão foi amarrado em um pau fincado no meio da rua principal. Longe das mangueiras. Propositalmente, os únicos alentos deixados pelos bate-paus foram a sombra do pau de um lado e a do garimpeiro do outro. Ambos formaram uma coisa estranha. A boca mantida aberta. Amarrada por dentro com um pedaço de pano que dava voltas no pescoço. Ao redor de seus pés, foram cavadas pequenas valas. O queixo ensanguentado. O suor descendo dos cabelos sem parar o deixou com dificuldade para manter os olhos abertos. O homem aparentava ser um bicho amedrontado. Se perguntassem a ele:

"Cava ou estrada?"

Ele, com certeza, responderia, sem hesitar:

"Estrada."

O marechal deu ordens. A primeira delas era que o hino nacional não seria cantado naquele dia. Todos os garimpeiros, antes de descerem à cava, deveriam ver o que iria acontecer com o garimpeiro que havia roubado mantimentos na cobal. Um dos bate-paus conferiu se o homem estava bem amarrado. Trouxe um balde de água com açúcar. Ficou de cócoras e besuntou com aquela água de açúcar, dos joelhos para baixo, as pernas do garimpeiro. Em pé, conferiu a quantidade de buracos feitos próximos aos pés do homem. E, só então, começou a espalhar açúcar refinado dentro dos valados.

Disse o marechal:

"É isso que acontece com quem rouba dentro deste garimpo. Olhem para cá. Vejam. Ninguém se atreva a tirar os olhos daqui. Quem for pego tampando a cara vai ser amarrado também."

Na expressão de seu rosto, a sina de quem mata mais do que quem morre.

O açúcar ocupou o vazio dos pequenos buracos. Em poucos minutos, ficaram esbranquiçados. Não demorou muito dois dos bate-paus se aproximaram com uma caixa de papelão nas mãos. Ao aceno do marechal, começaram a espalhar formigas, com muita candura, por cima das valas. Ao perceber o que lhe aconteceria, o garimpeiro começou a se debater. Desesperado, começou a grunhir. As mãos amarradas para trás, no pedaço de caibro, não dariam mais conta de fazê-lo sonhar com o cultivo de uma dúzia de pés de baobás. O silêncio dos outros homens deixou ainda mais doloridas as picadas das primeiras formigas que subiram em seu corpo. A satisfação do marechal. O cheiro de terra molhada vindo da cava.

À tardinha, ao voltar para seus barracos, os garimpeiros viram apenas o caibro, o pedaço de pano e as cordas jogadas ao chão. O garimpeiro e as formigas haviam desaparecido. As minúsculas valas estavam tampadas. A terra jogada por cima, de improviso, formava montículos. Perto dali o lugar onde ficava o barraco dele crepitava em cinzas. A fumaça que subiu de lá ajudou a escurecer de vez o garimpo de Serra Pelada naquele dia.

Na manhã seguinte, houve o hasteamento da bandeira do Brasil e os garimpeiros foram obrigados a cantar o hino nacional como se nada tivesse acontecido. Todos foram obrigados a colocar a mão no peito durante a solenidade. Em coro e ao sinal do marechal, cantaram:

ouviram do ipiranga as margens plácidas
de um povo heroico o brado retumbante
e o sol da liberdade em raios fúlgidos
brilhou no céu da pátria nesse instante...

Por fim, o discurso do marechal fora breve. Sem fazer referência ao garimpeiro torturado por ter roubado alimentos na cobal, ele disse somente:

"Aqui é assim, sai um, entra mil."

Consertou os óculos por cima do nariz. Deu as costas. E desceu do palanque improvisado. Os bate-paus começaram a distribuir centenas de calendários com imagens de mulheres peladas. Doze folhas coloridas. Cada mês uma mulher diferente. O corpo em uma posição diferente. No mesmo dia, soube-se que as duas tábuas arrancadas da cobal tinham sido pregadas de volta.

À noite, Manel contou a Zuza o que tinha acontecido com o homem que havia sido descoberto roubando alimentos na cobal. Horrorizado com o que ouviu, Zuza suspirou com ar de luto. Abaixou a cabeça. Por alguns segundos imaginou o marechal a sorrir e tendo a certeza de que ele era mesmo a pátria. E então, quase murmurando, perguntou:

"Por que o fedor dos bárbaros nunca será igual ao da aurora?"

Quase se arrependeu de ter aberto a boca, mas sua fala o fez lembrar-se do papel que recebeu das mãos de uma velha evangélica, em Marabá, em uma manhã de sábado, quando embarcou em direção a Serra Pelada. Na rodoviária, a mulher magricela segurava centenas de panfletos. Sobrancelhas grossas. Olhos fundos, que deixaram suas pupilas com a aparência sinuosa. Uma verruga grande do lado do nariz. Cabelos amarrados em um cocó desalinhado, dividindo a cabeça em duas partes. Boca sem vestígios de batom. Mãos descarnadas. Ela parecia estar misturada ao fedor intenso de mijo que emergia do piso de cimento da rodoviária e do barulho dos motores dos carros ligados. Traje esquisito. Vestida com uma saia de viscose azul-marinho com pregas na parte de baixo. Blusa bege. Três botões próximos do pescoço. Mangas curtas. Joelhos à mostra. Os pés metidos na sandália de plástico. Movia-se como aparição, entregando os panfletos que tinham como título: "Em deus, temos vida eterna."

Em pé, na frente de Zuza, um homem gordo se recusou a receber o papel. Abaixou a cabeça e falou apenas:

"Não sei ler."

Na mesma hora, o rosto da mulher modificou-se. Irônica, ela respondeu:

"Deus te ama."

Apertou os panfletos. Fingiu indiferença. Virou as costas e caminhou no rumo de Zuza. Voltou a manter o braço estirado segurando, entre dois dedos, o panfleto que o homem não quis receber. Sorriu de canto de boca. Na mesma hora em que recebeu o papel, Zuza olhou-o de relance. Havia umas listras esverdeadas servindo como uma espécie de moldura ao texto. Em preto e branco, o desenho de uma casa ladeada por quatro árvores e uma enseada que parecia minar de algum lugar do quintal. Zuza dobrou o papel em duas partes e o guardou no bolso do short. O homem gordo se afastou de onde estava sentado, falando sozinho:

"No mês de janeiro, tem verão no começo ou no fim."

E foi se recostar em uma mureta, a cerca de quinze metros de distância dos ônibus.

O motorista do transbrasiliana ficou com as costas meio curvadas, próximo à porta do ônibus. Colocou as mãos ao redor da boca e gritou:

"Quem vai pro cem ou trinta? O ônibus vai sair agora."

Zuza abraçou a boroca. Firmou os pés na sandália e caminhou ligeiro. Já sentado em um dos bancos do transbrasiliana, ele enxergou a mulher no meio da rodoviária sem ninguém por perto. Testa franzida. O cocó desfeito. A verruga havia desaparecido. Ela caminhava em ziguezague. Mexendo freneticamente as mãos vazias. Como ela tinha conseguido distribuir os panfletos tão ligeiro?

Falava sozinha qualquer coisa que, de dentro do ônibus, Zuza já não conseguiu entender. O barulho do motor do ônibus ligado. Olhou para trás, na direção da mureta, mas o homem havia desaparecido. O transbrasiliana começou a se locomover. Em segundos, desceu uma pequena ladeira que dava acesso à br duzentos e trinta. A aceleração do motor subiu e misturou-se ao barulho das marchas sendo passadas. Nos primeiros metros da transamazônica, o motorista aumentou a velocidade. De súbito, ficou para trás o letreiro de cimento pintado de branco, todo desbotado: "Bem-vindo a Marabá." Ao redor da placa, cinco oitizeiros começando a florar e incontestáveis pés de ciprestes envelhecidos.

Na altura do quilômetro seis, um menino de mais ou menos doze anos de idade e vestido com uma camisa amarela, de panos passados, abotoada até o gogó, ficou de pé. O ronco da aceleração cada vez mais barulhento. Os sacolejos. O menino equilibrou-se. Segurou firme na barra de ferro soldada entre os primeiros bancos do ônibus, e gritou:

"Alguém vai descer no quilômetro trinta e cinco?"

O som da voz misturou-se ao cheiro de comida caseira e cachaça. A maioria dentro do ônibus se entreolhou. Ninguém respondeu. Dois minutos depois, o menino, impaciente, mas com um tom menos áspero, perguntou novamente:

"Então, vai todo mundo pro cem ou alguém vai descer em alguma currutela antes de lá?"

A resposta foi:

"Pro cem."

O motorista fez uma curva à direita e deixou para trás a br duzentos e trinta e toda a cidade de Marabá. O garoto soltou a barra de ferro e voltou a sentar. De onde Zuza estava, enxergou sua sombra. Vislumbrou a coluna dele sempre ereta, a cabeça imóvel. Recostado no banco, o menino foi de Marabá à corruptela do quilômetro cem alisando, imaginariamente, uma barba em seu rosto. De vez em quando, usava apenas uma mão. Outras vezes, passava as duas, bem devagar.

A primeira coisa que Zuza fez ao chegar ao garimpo foi pegar o panfleto e guardá-lo, dobrado mesmo, em sua boroca. Mas teve a sensação de ouvir a velha repetir:

"Vai com deus. Ele te guia."

Lembrando-se do transbrasiliana. Do armazém da cobal. Da história das formigas. Dos pequenos valados repletos de açúcar. Das sombras de outros homens no ônibus. Da agonia do garimpeiro. Boca amarrada. Olhos arroxeados. De seus grunhidos. Do nariz escorrendo sangue. Descalço. Quase nu. O corpo sendo untado com água de açúcar pelo bate-pau. O marechal a sorrir. Pensando na pica mole de Manel. Na boca branca do marechal murchando, ao mesmo tempo que benzia pântanos imaginários. Nos bate-paus. Nos trinta e oito enferrujados na cintura deles. Nas palhas. Na lamparina que tinha acabado de acender. Nos mais de dezesseis quilômetros de estrada de terra que separavam o quilômetro cem do garimpo de Serra Pelada. Foi Zuza quem de novo perguntou a si mesmo:

"Por que o fedor dos bárbaros nunca será igual ao da aurora?"

6

Zacarias voltou rapidamente a pregar os olhos na terra do barranco. No lugar onde os garimpeiros cavavam, ele viu minar vários filetes de água como se a cava fosse parir, de maneira irresoluta, os rios Araguaia, Parauapebas, Tocantins, o lago Vermelho, o Itacaiúnas e o rio Sereno, de uma vez só, antes de anoitecer. Eram os primeiros vestígios dos lençóis freáticos brotando dentro do despenhadeiro. As águas dos rios inundariam, sem trégua, os barrancos. A picareta entrando na terra o fez imaginar as adeus-mamãe despregadas dos paredões e boiando. As gotículas de mercúrio reluzentes prateavam no fundo dos rios. Na boca da cava, milhares de pés de samambaias verdinhas haviam nascido exatamente onde a água só alcançou de relance. A febre escura do ouro. A malária deixando-os mais perto da morte. Os garimpeiros em pé. A maioria chorando. Desolados. O sonho de bamburrar afogado. O marechal em brasília. De paletó e gravata. Sapatos lustrados. Bigode aparado. Os olhos ainda mais azuis. Dos braços, aflorando o cheiro de sabonete phebo patchouly. Deputado federal. Alguns bate-paus assessores. Tudo longe. Marabá. Santa Inês.

Parauapebas. Barra do Corda. Eldorado. Trizidela. Araguaína. Conceição do Araguaia.

Em seus primeiros minutos dentro do precipício, o excessivo cheiro de terra molhada e do mercúrio invadiu o nariz de Zacarias. Isso fez com que sua boca insuflasse imaginárias cidades.

"Deveria ter deixado a imagem de nossa senhora da consolação deitada de bruços? Mantido as três velas apagadas dentro dos castiçais? O incenso aceso? As lamparinas sem querosene? A bíblia amarrada com barbante? Limpado com água e sal os montículos de gala na batina e a devolvido na arquidiocese de Marabá?"

Comprimiu o peito impaciente. Dilatou as retinas, mergulhado em alheamento.

O vozerio. Os barulhos das picaretas. Das enxadas. Das pás. Dos enxadecos. Todos esses rumores e o ranger incessante dos degraus das adeus-mamãe ajudaram Zacarias a interromper a pronúncia dos nomes que ele passou a odiar. As unhas doloridas como se estivesse sentindo em suas mãos todas as insignificâncias das epidermes dos que foram soterrados pelos paredões na cava. Aquela agonia o deixou com vontade de acenar para as carnes ou as sombras dos garimpeiros que nunca abraçaram bateias e escafandros. Se ouvisse os ruídos dos pés soterrados benzeria, usando a linguagem dos musgos, somente os pés de cada garimpeiro que sucumbiu. Circunspecto, imploraria a deus para que reavivasse nos olhos de cada homem pequenos charcos de luzes. Divisar cada rosto escurecido pela terra do garimpo. As bocas fenecidas. Se fumasse, acenderia um cigarro. Daria um jeito de ir aos cabarés em Marabá e ver de que é feito o corpo de uma mulher pelada.

"De hemisférios? Planícies? Ou atlânticos?"

A estranha sensação de umidade agarrada aos pés descalços e a vontade de ter um kichute o deixaram sem a menor expressão de ternura no rosto, embora, hora ou outra, buscasse manter por mais tempo a cabeça erguida.

"Será que chegaram aos destinatários as cartas que enviei? O marechal havia permitido que as palavras saíssem do garimpo?"

Ao perguntar-se isso, murmurou, o mais rápido que deu conta, o pai-nosso. Não conseguiu obedecer às vírgulas. As pausas. O ritmo. Enquanto rezava, respirou com dificuldade. Benevolente, pensou em todos os barracos do garimpo que necessitavam de oratórios. Sentiu a luminosidade do sol ofuscar suas retinas. O peso imaginário de terra na boca. Prometeu que, com os primeiros cruzeiros conseguidos, mandaria raspar a cabeça.

Roçou a língua nos dentes e removeu vários pedaços de grãos de arroz. O gosto azedo da sardinha a óleo com molho de tomate o fez lembrar-se do milagre dos pães e dos peixes às margens do mar da galileia e dos paredões da cava. Das mãos pretas de cristo multiplicando tudo, inclusive o amor.

"Entre os paredões da cava, é possível pensar menos em bamburro do que em deus?"

De repente, ouviu a voz do meia-praça dizer:

"Bora, formiga. Tá cheio."

Arrumou com jeito o saco de cascalhos no ombro e caminhou rumo às adeus-mamãe. Foi subindo as escadas com a crescente vontade de gritar de dor. Arrancar do corpo algum lugar capaz de cultivar trapiches vazios. Os passos exaustos. A esmo. A cada degrau ele sentia uma lufada de ar cada vez mais quente bater no peito. A camisa abotoada até o último botão não impedia a agonia. Sentia-se como se estivesse irresoluto voltando à escuridão do útero de onde havia saído. O imenso rodilhado de terra foi aos poucos engolindo o corpo dele. Veio a repentina vontade de amparar as costas no paredão da ribanceira. Derrear para a frente o peito. Cruzar os braços. Fechar os olhos e adormecer ali mesmo como se fosse preciso acordar antes de anoitecer e seguir em busca de piedade. Amanhã mesmo aprenderia a plantar neblinas na boca do marechal. Obrigá-lo a apontar, de uma vez por todas, onde estavam os mortos do Araguaia.

Sem o crucifixo no pescoço, Zacarias desejou um dia ter a chance de colocar um pequeno poraquê vivo no meio da língua dos bate-paus. E na do marechal, três candirus-açus, também vivos. Em seguida, apertar as têmporas de cada um deles, sem pensar na piedade de deus, forçando-os para baixo. Impedindo-os de abrir a boca. Untá-los dos pés à cabeça de melechete usando folhas de urtiga. Dizer bem alto a todos:

"A pátria é isso. Ela também sabe se vingar dos bárbaros."

Depois perguntar a cada um deles:

"O que vocês fizeram com a sobra?"

Quem sabe só assim eles não aprenderiam a receita de como consumar, todas as manhãs, madrepérolas. Respirou mais calmo, embora o cheiro de inhaca saindo do corpo de alguns garimpeiros na fila a sua frente o deixasse perturbado. Contudo, sabia que à noite era possível contemplar, de qualquer lugar do garimpo, as estrelas.

O que aconteceu com o garimpeiro que havia roubado mantimentos na cobal ainda amedrontava muita gente. As pequenas valas enrodilhando os pés dele. As pernas aguadas de água e açúcar. As formigas. Os grunhidos de dor. O hino nacional não cantado. A boca do marechal e dos bate-paus a empurrar comboios de pântanos imaginários. Por isso, de vez em quando, em pensamento, Zacarias vaticinava:

"E se nas veias do marechal, em vez de sangue, corresse um pouco da água do rio Sereno? Os bate-paus obedeceriam às ordens dele?"

Perguntando-se isso, era como se ele sentisse, subitamente, a própria língua ir diminuindo aos poucos dentro da boca.

A ausência do rosário no pescoço desflorando a fé. A arquidiocese de Marabá sem responder à carta. A mãe também. A batina suja de gala estendida no chão pertinho da porta da igreja.

Derramou o cascalho. Sacudiu o saco três vezes. Afofou com os pés, em marcha, a terra preta. Depois amarrou a boca do saco de estopa vazio e o dependurou na cintura.

Voltou a caminhar irresoluto na direção da cava. O forte cheiro de melechete, nem de longe, parecia com o de cachaça que saía da boca de muitos garimpeiros, perto ou longe de seus barrancos. Esfregou as mãos uma na outra e voltou a descer as escadas mais próximas do barranco em que trabalhava. Quanto mais descia, mais as retinas ficavam turvas como se quisessem, a qualquer momento, tentar acabar com os últimos resquícios de misericórdia de deus. De costas para a ribanceira, lembrou-se do confessionário que não tivera tempo de criar. Das confissões mortas antes do tempo. Na mesma hora, disse baixinho:

"Porra, o que eu vim fazer aqui?"

Foi descendo as adeus-mamãe que Zacarias percebeu como os punhados de lama grudados nos corpos dos homens facilmente criavam umas crostas finíssimas e eram incapazes de aumentar a ânsia deles por pepitas. Pela segunda vez naquele dia esfregou as mãos e as sentiu mais ásperas, dali em diante teve certeza de que deus é capaz de dissipar a ternura dos homens.

Três dias depois de largar a batina, Zacarias foi à corruptela do trinta, acompanhando alguns colegas de barranco. Antes de sair do garimpo, dividiu a bufunfa nos bolsos da calça. Aparou as unhas nos dentes. Dobrou a rede e a deixou dependurada. Raspou a barba na navalha. Enrolou e guardou o terço na boroca. Colocou a identidade junto com o dinheiro em um dos bolsos. Mas em tempo melancólico, mirou a foto três-por-quatro do documento e, com espanto, se deu conta de que estava envelhecendo rápido demais. A imagem o fez lembrar o seminarista que fora. Um homem feito de rezas. Certa moral. Remissivo. E solidões. Acendedor de velas, embora nunca tivesse feito uma promessa na vida antes de desamparar a batina. Um homem que abandonara os desejos carnais e que pouquíssimas vezes havia sentido na vida a pica ficar dura. Nem lembrava exatamente quando isso tinha acontecido antes do último pesadelo. Tirou o querosene da lamparina. Enxugou o pavio dela. Percebeu que era preciso trocar algumas palhas do barraco urgente.

A rua central do garimpo começou escurecer quando subiu no pau de arara e se acomodou entre dois garimpeiros desconhecidos. O forte cheiro de deo colônia de seiva de alfazema, do desodorante alma de flores e da pomada minancora deu a ele a certeza de que nunca mais voltaria a celebrar uma missa. Tanto as minúsculas quanto as imensas igrejas morreram dentro dele. Nos últimos dias, havia escutado mais o marechal do que deus.

Passou toda a viagem olhando a vegetação. O pau de arara descendo as ladeiras deixava o coração atônito. As grandes colinas sendo devastadas aos poucos. A estrada repleta de costelas-de-gato. Buracos de todos os tamanhos. Sem um metro de acostamento. Focos de fogo nos capinzais secos. A maioria das árvores totalmente escurecidas. Foi possível ver que cada palmo de terra estava cercado por arame farpado. A paisagem com pequenas cordilheiras. Palmeiras de coco babaçu cortadas pelo tronco. Outras totalmente queimadas. O céu ficando, pouco a pouco, estrelado. Zacarias pensou em deus deixando diariamente a aurora abraçar tudo aquilo. E sabia que ninguém rezava para isso acontecer.

No bar, à medida que a noite avançava, a maioria dos garimpeiros bebia uma dose de cachaça atrás da outra. Sorriam. Cantavam. Gesticulavam como se não soubessem descer as adeus-mamãe ou fazer girar as bateias com destreza. O marechal talvez fosse ali apenas uma coisa efêmera. Os bate-paus, a vegetação em cinzas.

Tenso, Zacarias sentiu os olhos arderem. Os fios do seu cabelo aguados de suor. Câimbras espalharam-se pelas pernas. A música. As luzes vermelhas. O burburinho. A fumaça dos cigarros. O forte fedor de urina. As batidas nas portas dos quartos. O valor da chave. Os batons nas bocas das quengas. As frestas das paredes forradas com páginas de revistas pornográficas. Mesmo assim, Zacarias se manteve quieto durante boa parte do tempo. Às vezes, movia os dedos, tentando batucar no ritmo da música, na mesa de ferro do bar. Noutras vezes, balançava a cabeça, tentando alcançar o ritmo da seresta. Sentiu vontade de ficar de cócoras para aliviar as câimbras, enquanto os camaradas de barranco conversavam sobre a esperança de bamburrar amanhã mesmo. O susto maior foi ouvir um deles dizer:

"É por isso que prefiro tá dentro de um bar do que em qualquer igreja."

Escutando aquilo, Zacarias ficou triste. Virou-se. Percebeu que o mesmo garimpeiro que fizera a afirmação rapidamente deu três escarradas. Remexeu a boca e cuspiu no chão, mantendo o rosto senil. Em seguida, o homem esfregou os olhos. Deixou os dentes à mostra. Da maneira como ficou, ele engoliria um cardume de tilápias facilmente. Recompôs-se fechando a boca. Rangeu os dentes.

Inconformado, Zacarias perguntou:

"Por quê?"

Antes de responder, o companheiro de barranco pegou, em cima da mesa, um dos copos que continha exatamente uma dose de conhaque são joão da barra. Ficou de pé. Levantou o copo a uma altura em que o pouco resplendor do bar fosse capaz de fazer a refração da luminosidade atravessar o vidro. Murmurou alguma coisa que acabou por se misturar à música e ao vozerio dos outros garimpeiros e das quengas. Depois derramou quase um dedo da cachaça no chão e, cuidadosamente, jogou o restante na boca. Os músculos do rosto ficaram enrijecidos. Estalou a língua. Então, batendo a mão na mesa, disse:

"A primeira é a do santo."

O padre sem entender perguntou:

"Por quê?"

"Ora, por quê? Porque no bar, santo padre, é mais fácil a gente encontrar o lado mais humano de nós mesmos e a face menos tenebrosa de deus."

Disse aquilo e gargalhou. Sentou. Tirou os pés do chão e os balançou. Aquela era também uma das maneiras de se afastar das escadas adeus-mamãe. Sóbrio, voltou a encher o copo da mesma cachaça. Não teve coragem de jogar a parte do santo no chão. Apenas despejou de vez na goela.

A cara ficou arrepiada. Os olhos, meio esbugalhados. Vergou a cabeça um pouco. Remexeu a boca. Tentou segurar o cuspe, mas não conseguiu. Ao entender o que o garimpeiro quis dizer, Zacarias estremeceu. Não teve tempo de pensar. Então, replicou:

"Mas é bom que saibas que a face mais tenebrosa de deus está em nós mesmos."

Às pressas, passou a mão no peito como se fosse apertar o crucifixo, que não estava mais lá.

A palavra tenebrosa ecoou dentro do bar. A afirmação de Zacarias acabou por deixar o garimpeiro sem saber o que dizer, embora ele próprio consentisse que sua fala fosse mais forte que explicar a diferença entre deus, igreja e bar. Mantiveram-se em silêncio. Cabisbaixos. Zacarias pensou em abandonar no outro dia o garimpo. Ir embora, urgentemente, para sua casa em Floriano, no Piauí. Ver a mãe sorrir por ter voltado. Sentir o ar quente que emerge das ruas de Floriano batendo em seu rosto. Visitar, diariamente, o cemitério. Acender velas na catacumba do pai. Não deixar nunca mais renascer o sentido do nome marechal batendo em sua boca. A virulência de suas ordens dentro de Serra Pelada. Os bate-paus lhe obedecendo e fazendo os garimpeiros compreenderem que aquilo era a pátria.

Zacarias olhou para o chão, viu que a cachaça jogada para o santo, na primeira dose que o garimpeiro havia tomado, formou uma corola do tamanho exato de seu pé. Achou estranho tudo aquilo, mas preferiu ruminar para si mesmo:

"Pai, perdoai-lhes. Eles já sabem o que fazem, amém."

Franziu a testa e benzeu-se de forma imaginária, sem movimentar a mão. A boca. Qualquer parte do corpo. Em seguida, levantou a mão até a altura do rosto remexendo os dedos. As batatas das pernas estavam dominadas pelas câimbras. O que o fez ficar em pé com dificuldade. Foi pela maneira de gesticular os dedos das mãos que outro garimpeiro, ao reconhecê-lo, sentiu-se desolado porque ouvira rumores de que o padre havia ido embora do garimpo. Por isso ficou com vontade de perguntar a ele o porquê de ele ter ido parar dentro da cava, como formiga. No entanto, angustiado, caminhou em direção a Zacarias. Quando chegou perto, perguntou baixinho:

"Santo padre, o senhor, por caso, tem alguma reza que a gente possa fazer juntos para amanhecer logo? Porque dói esperar que amanheça aqui nesse lugar."

Inconsolável, Zacarias meneou a cabeça para baixo. Fechou os olhos. Friccionou fortemente a boca. Juntou as mãos na altura do peito molhado de suor. A pergunta voltou a atormentá-lo. Lembrou-se da batina estendida na porta da igreja. Das confissões mortas antes do tempo. Foi a primeira vez que ele teve vontade de nunca mais dizer amém. Apertou forte para baixo os dedos dos pés. Os calos latejaram. Mesmo que o meia-praça lhe dissesse: "Bora, formiga. O saco tá cheio", ele não conseguiria se livrar do ódio que sentiu. O gosto azedo do suor descendo da testa não aplainou sua comoção. Imaginou a reação do outro crucificado ouvindo:

"Ainda hoje estarás comigo no paraíso."

7

A certeza de Manel era que as três pequenas pepitas de ouro encontradas no barranco, naquela tarde de sexta--feira, dariam mal para pagar algumas dívidas e alimentar os garimpeiros de seu grupo por no máximo uma semana. Imaginou que se pudesse trazer, da sua parte do dinheiro, mantimentos de Marabá ou do quilômetro trinta, sobraria alguma bufunfa. Porém, o marechal proibira a compra de qualquer coisa fora do garimpo. Tudo deveria ser comprado no armazém da cobal. Zuza sempre o alertava para não desobedecer às ordens. Confessava o medo de ver seu macho amarrado, seminu, no meio do sol quente. Os olhos assustados. As carnes do corpo untadas de água de açúcar. As formigas. Os grunhidos de dor. Os garimpeiros impassíveis, obrigados a mirá-lo antes de descerem para a cava.

Quando saiu de dentro da pequena e suja agência da caixa econômica, instalada em Serra Pelada, Manel segurava, irresoluto, com as duas mãos, um pequeno maço de dinheiro dobrado. Afastou-se da agência, apressadamente, sem olhar para os bate-paus que faziam a guarda nas proximidades da praça central. Cerca de duzentos e cinquenta metros adiante, parou, abruptamente, de caminhar. Ergueu as mãos abaixo do peito. E como se afagasse um comboio de libélulas com cheiro de alfazema, apertou levemente o maço de notas sobre a barriga. A gramatura áspera dos papéis deixou-o mais ansioso do que já estava. Cabisbaixo, demorou alguns minutos pressionando as notas contra o corpo. Depois levantou a cabeça e esfregou o maço de dinheiro por toda a cara. Olhou ao redor. Outros garimpeiros caminhavam apressados para seus barracos. Era perceptível neles um misto de alegria e tristeza, mas Manel fez pouco-caso daquilo. Fechou os olhos. Suspirou profundamente. Apertou novamente, com muita ternura e devoção, todas as notas de cruzeiro dobradinhas. De súbito, veio a vontade de apoiar a cabeça perto de paisagens menos doloridas do que a do garimpo. E dormir antes de anoitecer. Na garganta, uma sensação ruim começou a se alastrar. Era como se a palavra bamburrar não se recusasse a significar homens fedendo aos soterramentos. Recompôs-se. Esticou os braços para baixo. Voltou a caminhar em direção ao seu barraco. Antes de anoitecer, pegou a boroca dependurada na parede do casebre. Conferiu se seus documentos estavam certos. Pôs dentro da boroca, bem dobradinha, a batina que havia pegado na porta da igreja e voltou a dependurá-la onde estava.

De manhã, bem cedinho, Manel subiu em um pau de arara com a boroca suspensa pelo ombro, em direção a Marabá, sem dizer nada a Zuza. Seu macho deveria estar ocupado lavando roupas dos garimpeiros para ganhar alguns trocados. Era disso que vivia desde quando o marechal o proibiu de garimpar. Aos sábados e domingos, Zuza atravessava a metade de Serra Pelada carregando na cabeça uma bacia com roupas sujas.

Manel não se arrependeu de ter pegado a grana que ganhou. Dividida nos bolsos. E partido. Durante a viagem manteve, o tempo inteiro, as mãos por cima dos bolsos onde guardou a bufunfa. Vez ou outra pensou em Trizidela. Nas ancas da mulher balançando ao descer a ladeira da avenida afonso pena. Na brisa vinda do rio Mearim e afagando o rosto dela. Nos dois meninos. No aumento da temperatura por toda a região. Nas bromélias florando. No gemido baixinho de Zuza. Na boceta que talvez comesse àquela noite. Na rua dos cabarés no bairro Cidade Nova, em Marabá. E em uma tal de carteirinha amarela que, dali a mais ou menos dois dias, precisaria tirar para se manter dentro do garimpo.

Em Marabá, a primeira coisa que fez foi procurar uma costureira para desmanchar a batina e fazer uma calça branca que servisse nele. Pela manhã mesmo, conseguiu. Tirou as medidas das pernas. Da cintura. E ficou de voltar na semana seguinte para pegar a calça.

À noite, enquanto o barulho da música sibilante, o cheiro de melechete e de cachaça impregnavam o principal cômodo do cabaré, Manel voltou a pensar, só que, dessa vez, na floração do pé de manga bacuri plantado há mais de um ano, no meio do quintal de seu barraco. Jamais entenderia aquilo como um milagre. As luzes do cabaré ofuscaram suas retinas. Sentindo-se desiludido, passou as mãos nos bolsos. Depois acenou para uma das mulheres que estava sentada perto do balcão. Quando ela se aproximou, ele foi logo perguntando:

"Quanto tu cobra?"

A mulher sorriu. Meteu uma das mãos por dentro da blusa. Ajeitou os peitos. Depois piscou um olho. Passou a mão levemente por trás da orelha dele. Abaixou a cabeça. Com a voz branda disse:

"Amor, com a chave fica quatrocentos cruzeiros. Eu mereço muito mais que isso, mas vou fazer essa promoção pra ti. E tu vai ser o meu primeiro macho da noite."

Diante da resposta, Manel imaginou que naquele instante Zuza já tivesse tirado as roupas enxutas do quaradouro e devolvido aos garimpeiros e recebido os cruzeiros que havia cobrado. Acendido a lamparina no barraco. Armado a rede e se deitado, entendendo mais de solidão do que de deus. Deu uma das mãos à mulher. Ela entregou a ele a chave. Em seguida, ele ficou em pé e os dois começaram a atravessar o corredor dos quartos de mãos dadas. Segurou firme na outra mão a chave do quarto número sete. Na frente da porta, meteu a chave e a girou uma vez. Antes de entrar, a mulher apoiou a cabeça no ombro dele.

Dentro do quarto, tiraram as roupas. A mulher sentou na cama. Improvisou, apressada, uma trança nos cabelos. Esfregou uma das mãos na boca. Nas solas dos pés. Deitou. Arreganhou as pernas o máximo que deu conta. Mandando que ele a fodesse bem gostoso.

Ele se pôs de joelhos. Passou levemente a língua por toda a boceta dela. Sentiu na língua o gosto de água de jucá. Mesmo assim ficou alternando entre pressionar a língua contra o clitóris e chupá-lo. No quarto ao lado, ouviam outra quenga gemer, quase chorando. Ainda de joelhos no chão, usando as mãos, Manel abriu a boceta e meteu a língua dentro. Lambeu de lá até chegar ao pescoço. Refez isso umas três vezes. Em pé, cuspiu na mão por duas vezes. Por causa da luminosidade, a gosma esbranquiçada brilhou. Lambuzou a cabeça da pica. Retesou as pernas como se fosse subir as adeus-mamãe. Botou a rola para dar alguns bidões. Pegou as pernas da mulher e as amparou em seus ombros. Ela sorriu. Então, Manel meteu vagarosamente o pau todinho dentro da boceta da quenga. A última vez que havia feito aquilo em uma mulher fora em Trizidela. Ficou socando. Vez ou outra chupava os peitos dela sem rancor. Naquele instante, nem sua mulher. Os filhos. Zuza. A cobal. A avenida afonso pena. Os bate-paus. O marechal. A brisa do rio Mearim, nada significaria para ele alguma coisa.

Depois de quinze minutos penetrando a quenga, Manel tirou a pica de dentro do priquito dela. A luz do quarto que mudava de cor deixou-o impressionado. Ele ficou de joelhos em cima da cama. A mulher permaneceu deitada. As pernas no ar, curvadas. Mirando as telhas brasilit. Os gemidos no quarto ao lado haviam cessado. Manel ficou passando as mãos no corpo da mulher. Abaixou a cabeça. Passou a língua nos bicos dos peitos, ao mesmo tempo que acariciou a rola. Foi então que voltou a manter as costas eriçadas. Olhou o corpo inteiro da quenga. De joelhos mesmo, bateu uma punheta até a gala jorrar por cima dela. Enquanto gozava, teve a impressão de voltar a ver ali, dentro do quarto, a mesma dúzia de pirilampos voando sobre a cabeça dele em direção à cava.

Em silêncio, os dois pegaram as roupas jogadas no chão e se vestiram. Nem a batida forte na porta de um dos quartos os deixou assustados. Vestido, Manel tirou do bolso a bufunfa. Contou as notas até dar os quatrocentos cruzeiros. Deixou as cédulas de dinheiro estiradas e as entregou nas mãos da mulher. Ela voltou a sorrir igual à primeira vez. Conferiu uma a uma. Então disse:

"Tu é o primeiro homem que me chupa desde que cheguei neste cabaré."

Ao ouvir o que a quenga falara, Manel sorriu, sem dizer nada. Ela guardou o dinheiro no cós da calcinha. Ajeitou a saia por cima. Amarrou os cabelos e caminhou na direção da porta.

Quando atravessaram a saída do cubículo, Manel olhou para dentro do quarto e notou que a cama era de alvenaria e rebocada. Ficou desolado porque pensou que, quando bamburrasse, a primeira coisa que iria fazer era construir sua casa com alvenarias de oito furos e cobri-la de brasilit. Ele encostou vagarosamente a porta. Deixou a chave na fechadura. Começaram a tomar distância do quarto e, no corredor entre os quartos, afastaram-se como se fossem dois desconhecidos.

8

A Serra Pelada estava entardecida quando Manel entrou fungando no barraco de Zuza exatamente às dezoito horas e quinze minutos do domingo de ramos. Parecia um suíno. Relutante. Tentando-se desengasgar pelas narinas. Tomado pelo rancor, ele colocou a boca em indigência, embora não estivesse nem um pouco doente. Meio desequilibrado sentimentalmente porque nunca conseguiria sozinho manter o peito do marechal e dos bate-paus totalmente nublados. Lembrou-se de ter tido fome, de voltar logo para o garimpo como se viesse desfazer o próprio enterro cravado atrás de sua garganta. Na agonia em que estava, se falasse alguma palavra, até mesmo bamburro, a voz sibilaria. Entre os dedos dos pés e das mãos, as raízes dos três pés de hibisco morreriam antes de anoitecer.

No meio da porta, contraiu os olhos no intuito de mirar o interior do barraco com mais intensidade. Esforçou-se tentando acalmar a respiração. Assustado com a inércia espalhada pelo cômodo, antes de atravessar de vez a porta, deu-se conta de que era domingo de ramos porque viu na janela duas palhinhas enfeitando o lugar. Juntas, formavam a imagem de uma pequena cruz murcha, e que de longe mantinham uma aparência de dois arbustos dependurados no vácuo da janela. Ressequidas, as palhas deixaram vulnerável não só a paisagem lúgubre, mas o resto de devoção que sempre tardou em alcançar as próprias mãos de Manel. Contorceu os dedos dos pés no kichute. As mãos disformes. As pupilas avermelhadas. Parecia ter acabado de chegar de qualquer vigília. Na boca, o gosto de jucá ainda mais intenso. Por causa da impaciência, esfregou com força o rosto.

O homem, finalmente, atravessou a porta pensando no que dizer. Boa parte do dinheiro que ganhara com a venda das pepitas encontradas na sexta-feira havia ficado em Marabá, no cabaré. Sentiu em um dos braços a brisa tocá-lo de maneira sutil. Um calafrio abarcou metade de seu corpo. Olhou rapidamente para baixo e a luminosidade que entrou pela porta fê-lo perceber que as pernas da calça, raramente usada, estavam dobradas na altura dos tornozelos. As dobras permaneceram tão certinhas que aparentavam ter sido feitas naquele instante. A noite passada permanecia grudadinha no cheiro azedo de sua camisa de brim florida. No som das músicas românticas, zumbindo bem fundo nos seus tímpanos. Na quenga serenando a voz para dizer a ele "quatrocentos cruzeiros" e que nunca havia sido chupada desde quando chegou àquele cabaré. O gosto da boceta da rapariga, lavada com água de jucá, ainda estava vivo em sua língua. Tudo isso o deixou com vontade de voltar o mais rápido possível para Trizidela.

Manel caminhou pelo interior do barraco sabendo que, se tivesse chegado quinze minutos mais cedo, teria visto Zuza fazer o sinal da cruz no meio do rosto e, em seguida, erguer as duas mãos aos céus como se estivesse dentro de uma igreja qualquer. Caminhou arrastando os pés. Fazendo barulho. Do terreiro até o quintal. Como quem pedia complacência. A poeira ondulava nas proximidades de seus calcanhares. Minúsculos redemoinhos se formavam por onde ele passava.

Da ida a Marabá, Manel trouxe para Zuza um presente que roubou da quenga na hora em que ela começou a se vestir. Ele pegou do chão e guardou, às escondidas, no bolso da calça. Imaginou que os quatrocentos cruzeiros também pagariam o objeto. Só se lembrou disso quando entrou no barraco. Passou a mão por cima do bolso e sentiu, com o arrastar dos pés, o objeto incomodar a carne da própria bunda.

Nos primeiros metros do quintal, quando percebeu os olhos de Zuza mirá-lo, o homem tirou o diadema do bolso. Segurou firme em uma das mãos, mantendo-a atrás das costas. Depois apressou os passos como se sentisse as palmas dos pés começarem a crestar. Com a outra mão teve tempo de ajeitar o colarinho da camisa, e já mais perto de seu macho falou:

"Pega, ingrato. Pensou que eu não ia me lembrar de ti, não, é?"

Esticou o braço. Continuou caminhando e lançou o diadema nas proximidades do tamborete. O objeto colorido caiu pertinho dos pés de Zuza. A reação dele não foi boa. Fechou e abriu os olhos rapidamente. Apertou os lábios.

Manel parou de caminhar uns dois metros antes de alcançar o lugar onde seu homem estava sentado. Olhou fixamente para ele. Como quem não ia dizer mais nada, fez um rápido gesto discreto com os braços e foi, de propósito, sentindo as palavras desprenderem-se de sua boca. De súbito, quando recolheu o braço com o qual havia jogado o objeto e o colou ao corpo, sentiu a pele arrepiar de maneira estranha. Expondo uma raiva iminente, ele viu Zuza rapidamente lançar os olhos na direção do objeto de plástico misturado ao barro. As pupilas incandescidas. Angustiado. As pernas começaram a ficar trêmulas. Sem se mexer no tamborete, cabisbaixo, resmungou:

"Que diacho é isso?"

Ao escutar a pergunta, Manel olhou no fundo dos olhos dele e soltou uma gargalhada que, provavelmente, alcançaria a metade da geografia de Serra Pelada como se fosse o vozerio de outros garimpeiros que povoavam o vilarejo. No entanto, não respondeu de imediato. Virou de costas e caminhou como se ameaçasse voltar para o lugar de onde tinha vindo, só que sem aprender a jejuar.

Enquanto Manel desaparecia no breu do barraco, Zuza sentiu suas carnes tremerem de nojo. Naquele instante, não teve forças para pegar o objeto no chão. Ficou com vontade de xingar seu homem de todos os nomes horríveis que conhecia, no entanto, lembrou-se de que era domingo de ramos. Queria mesmo era levantar. Bater a poeira dos pés. Ir acender a lamparina. Fechar a janela por causa das muriçocas. Colocar alguns pedaços de carvão no fogareiro e esquentar a comida que havia sobrado do almoço. De imediato, decidiu não contar a Manel sobre o jardim que planejara plantar no terreiro de seu barraco, somente com pés de onze-horas.

Minutos depois, o chiado provocado pelos pés de Manel voltou a inflar o silêncio no interior do barraco. Como quem emerge da fome de uma libélula, o homem voltou ao quintal. Surgiu trazendo um pedaço de espelho em uma das mãos e um copo de alumínio com água na outra. De vez em quando, parava de caminhar e bebia um pouco de água, até se aproximar do lugar onde Zuza estava sentado.

Chegando perto, abaixou-se. Pegou o diadema no chão. Limpou na calça. E deixou o copo no exato lugar onde estava o diadema. Apertou sem querer entre os dedos o objeto. Menos aflito, colocou o pedaço de espelho embaixo do sovaco. Estirou os braços e, com todo cuidado, ajeitou o diadema na cabeça de seu homem. Segurou com as duas mãos o pedaço de espelho, posicionando-o na altura dos olhos de Zuza. Assim, através do reflexo de sua própria imagem, Zuza viu como tinha ficado arrumadinha, no meio de seus cabelos, aquela coisa colorida.

Manel manteve o pedaço de espelho parado por alguns segundos sem dizer nada. Aquilo fez com que, diante da sua imagem refletida, Zuza deixasse demorar em seu peito a descoberta da ternura. O pouco que precisava entender de si e do outro homem parecia estar na imagem mostrada no pedaço de espelho. Diante do repentino êxtase de seu macho, Manel manteve a testa franzida. Não teve coragem de coçar o nariz, que começou a formigar. Lentamente, tirou o espelho da frente de Zuza. Juntou as pernas. Desabotoou quatro botões de sua camisa. Com a boca fedendo a jucá, disse:

"É só um diadema, seu besta."

Quando terminou de falar, fez um gesto rápido com a língua. Piscou um olho. E, em seguida, com a voz ainda mais branda, mentiu dizendo:

"Foi o que deu para comprar antes de ficar brefado."

Desconfiado, Manel ficou com vontade de sorrir, mas apertou os dentes uns sobre os outros e se conteve. Voltou a olhar para Zuza. O homem a sua frente aparentava, em poucos segundos, ter ficado totalmente incrédulo. Tirou o diadema da cabeça. Segurou-o com as duas mãos. Olhou demoradamente para o objeto. Sem saber o que dizer, inclinou a cabeça, e murmurou a si mesmo, quase como quem queria apenas grunhir:

"Descarado."

Depois, em silêncio, Zuza deixou pesar na língua um bangalô ressentido. Dentre os dentes, emergiu uma gastura incompreensível. Inesperadamente, o céu da boca começou a arder. Com os músculos do rosto, fez um esforço para que permanecesse apenas a lembrança de todos os machos de Serra Pelada encomendando a ele a lavagem de suas roupas sujas de melechete e de gala.

Manel abaixou a cabeça. Disfarçadamente, fixou os olhos no copo de alumínio. Naquele instante, entendeu que Zuza não acreditaria mais em uma única palavra que dissesse. Mesmo que tivesse coragem de dizer: "Eu juro por esse céu que me alumia." Seria uma jura inútil saindo de sua boca. A brisa noturna do garimpo já alcançava as folhas mais altas da mangueira e do abacateiro do quintal de Zuza.

Antes de escurecer de vez, Manel arrancou um fio de cabelo dos próprios cílios. Agasalhou-o, calmamente, por cima do polegar esquerdo. Ficou de cócoras na frente de seu macho. Segurou firme na mão dele. Pediu para esticar os dedos e posicionou o polegar até a altura de seu peito. Em seguida, ordenou:

"Aperte bem. Feche os olhos. Pense em alguma coisa boa. No que você quiser. Menos em desmoronamentos. Nem no marechal ou nos bate-paus."

Zuza sentiu vontade de sorrir apesar da certeza de que, ou o nome pepita, ou bamburro desaguariam facilmente por cima da língua dos dois. Então, apertou as pálpebras assim como apertou o próprio dedo no de Manel e desejou que um dia aquela serra pudesse voltar a ser o vazio que ela havia sido por milhares de anos. Pediu ainda que a palavra melechete nunca mais significasse nada. Que três ou mais pés de urtigas desenhassem uma cava no meio da língua do marechal, mas principalmente que o fio de cabelo ficasse no dedo de Manel e não no seu.

Dois minutos depois, eles moveram as pestanas. Abriram os olhos. Pararam de apertar o dedo um do outro, ao mesmo tempo que Manel ordenou:

"Não diga nada!"

Para a surpresa de Zuza, o cabelo havia ficado grudado na cabeça do próprio dedo. Pensou mil coisas. Sentiu-se culpado por aquilo, sobretudo, porque havia desejado que o fio de cabelo tivesse pregado no polegar de seu macho. Ao ouvir Manel perguntar depois, "E aí?", rapidamente meteu uma das mãos por baixo da camisa. Forçou-a para cima. Esfregou a cabeça do dedo para que o cabelo ficasse grudado no peito e sentiu que nunca mais estaria sujo de escuras ilhas sem vaga-lumes.

Tão habituado ao desamparo, Zuza esboçou um sorriso de canto de boca. Por um instante, os dois homens se viram envolvidos em um silêncio que durou incontáveis minutos.

Incomodado, Manel acendeu pequenos candeeiros em seus olhos. Virou as costas e foi embora. Zuza ficou desalentado. Percebeu que, a cada passo, a sombra de seu homem crescia de maneira vertiginosa e era capaz de, a qualquer instante, cobrir o chão inteiro do quintal e do barraco, mesmo que ele não aguentasse ficar com a cabeça erguida por muito tempo.

9

O padre Zacarias, desde a hora em que chegou ao cabaré, prometeu a si mesmo que entraria em um dos quartos com uma rapariga. Pediu uma antarctica. Encheu o copo até derramar. Bebeu todinho de um gole só. Do nada, as luzes embaçaram suas retinas. O gosto amargo da cerveja fê-lo querer cuspir. Antes de chegar ali, durante a viagem do quilômetro cem a Marabá, quando se lembrava de Serra Pelada, metia a mão no bolso e acariciava a bufunfa. Sabia quantas notas de cruzeiro havia lá dentro. A sequência das cédulas dobradinhas naquele maço. O apurado da semana consistia em trezentos e cinquenta e dois gramas de ouro extraído do barranco em que trabalhava. Imaginou sentir o cheiro de incenso quando pensava nos dez por cento do dízimo guardados no bolso de sua calça. O semblante todo impregnado pelas igrejas por onde pregou seus sermões. As unhas doloridas de acariciar os cascalhos.

"Que destino teve a batina?"

Perguntar-se isso não o impediu de ver em si mesmo outro homem ainda mais distante da fé. Umedecido de suor. Da cava. Da alienação dos seminários. Das rezas. Da devoção à igreja. Da ausência de deus. Das respostas das cartas. Do desejo de bamburrar. Da crença de terminar o próprio calvário longe daquela terra.

No terceiro copo de antarctica, já zonzo, o padre criou coragem e acenou para uma das mulheres em pé perto do balcão. A mulher repuxou o vestido para baixo. Balançou os cabelos e começou a caminhar na direção dele. A maneira como ela andou o fez ficar com medo. Zacarias sentiu na própria língua o peso do último sermão proferido. A imagem do cordeiro de deus descendo sozinho da cruz, ensanguentado. A coroa de espinhos entranhada no começo de sua testa. A noite menos estrelada descendo sobre jerusalém. O pôncio pilatos dormindo sossegado em seus aposentos. O jasmineiro perfumando o palácio. As pupilas pretas dos olhos de cristo, reluzentes, como se fossem minúsculos betumes envernizados. Os castiçais com velas mais de um palmo, acesas. Os buracos das mãos cicatrizando naquele instante. Rapidamente, o padre desejou besuntar o próprio corpo com água benta. Antes de a quenga chegar pertinho, ele desenhou uma capela usando as duas mãos.

"Quantas velas dariam para iluminar o cabaré?"

Foi a pergunta que se fez quando a mulher chegou perto e falou:

"Chamou, meu bem?"

Ao terminar de falar, o cheiro de patchouli saiu de entre os dentes dela e aquilo o fez pensar nos garimpeiros brefados. Na terra da cava desmoronando. Nos homens soterrados. Em ló impiedoso com a sua mulher. Em jonas com as pupilas cheias das águas do mar. Por fim, na sina amargurada de judas, obrigado a beijar o rosto do traído.

Em poucos minutos de conversa, a quenga afastou-se rapidamente de Zacarias. Voltou depois rodando uma chave enferrujada no dedo indicador. Sorrindo. Ele ficou de pé. Deu a mão a ela e os dois caminharam por um corredor semiescuro que dava acesso aos quartos.

No quarto, enquanto a rapariga tirava a roupa, falou: "Quero sentir tu me comer todinha, homem."

Zacarias não respondeu. Olhou em volta, desconfiado. Mirou o rodapé do quarto. Estranhou ao perceber o lugar todo abolorecido. "Os caramujos amariam tudo isso. Essa cor. Esse cheiro", foi a primeira coisa em que pensou. Começou a se despir sem tirar os olhos do rodapé. Nu, viu a mulher de joelhos em sua frente. Como se enxergasse alguns candelabros lotados de velas acesas e as imagens de santos, entre as quais, a da imaculada conceição chorando. Os bancos de madeira cheirando a óleo de peroba. Ele sentiu vontade de benzer, por duas vezes, o rosto da mulher. Em seguida, colocar dentro da boca dela uma hóstia, dizendo: "Comei! Este é o corpo santificado de cristo." Só então, deu-se conta de que estava dentro do quarto de um cabaré. Esfregou os olhos e voltou a si. Tenso. Segurou firme a pica mole com uma das mãos. Sentiu a quenga colocá-la todinha na boca. Estremeceu. Era a primeira vez que vivenciava aquela experiência. Foi como se estivesse nu dentro da cava sob os olhos azuis do marechal. Dos bate-paus. E dos garimpeiros. Levantou a cabeça e murmurou:

"Perdoai, pai, eu já sei o que faço."

A rapariga deitou na beira da cama. Abriu as pernas e falou:

"Mete tudo e bem gostoso!"

Diminuiu a velocidade das socadas. A pica latejou como se o coração batesse no meio dela. Em círculo, esfregou as mãos na bunda da quenga, embora sentisse cada vez mais a carne do peito quase evacuando pela garganta. Do nada, viu surgir na parede a imagem de ló, de mãos dadas com sua mulher. Ambos atravessando, às pressas, os becos escurecidos de sodoma. Imaginou as mãos de ló sujas de ternuras. Menos côncavas. Capazes de desenhar enseadas em qualquer lugar. Mas lembrou-se das palavras que Manel lhe dissera na sexta-feira quando caminhavam para seus barracos:

"É provável que este ano tenhamos outro outono de carne estranha."

Repetiu a frase duas vezes enquanto socava o pau forte no priquito da rapariga. Em seguida, pensou em todas as azinhagas que levava em direção ao garimpo. Viu pequenos juncos escurecidos nascendo entre os dedos dos garimpeiros. Os barrancos mais aguados do que o necessário. Não estranhou porque a única certeza que tinha era a de que deus compreende todas as coisas. Ele se viu de pé. Escrevendo em uma das paredes do quarto o nome babilônia. Entre as letras estavam os desenhos de diminutos igapós. Ali se tornou, de uma vez por todas, um padre derrotado. Só tinha em si a certeza de que era inverno em Serra Pelada.

Alguns segundos antes de gozar, Zacarias encostou a cabeça no ombro da quenga e sussurrou no ouvido dela:

"É pra tu ficar buchuda, tá. Quero ver tu parir um menino parecido comigo."

Ao terminar de falar, fechou os olhos. E como se estivesse prontinho para encontrar uma pepita de ouro, usando os pés, continuou metendo sem parar, levantando, às vezes, os calcanhares. Passou as mãos espalmadas nos peitos da mulher. Por alguns segundos, remexeu como se girasse uma bateia com mais mercúrio do que ouro. Mesmo com as pernas trêmulas, aquela foi uma das maneiras que ele encontrou para chegar ainda mais perto da cava de Serra Pelada, estando tão longe de deus e do garimpo.

Apesar do som da fala abafado pelo da música, a mulher entendeu perfeitamente o que o garimpeiro dissera. De maneira repentina, parou de se movimentar. Forçou as pernas para baixo. Os calcanhares topando no chão frio. Ficou por algum tempo com eles rígidos. Contraiu os dedos das mãos. Aparentemente enfurecida, forçou os braços até conseguir empurrar Zacarias de cima dela. Ficou em pé. Vestiu a calcinha. Enrolou os cabelos e fez um cocó. Sentou na cama e só assim conseguiu entornar as duas pernas, de uma só vez, dentro da calça de cotton preta. Vestiu a blusa e a meteu por dentro da calça. Mordeu os lábios. Virou as costas. Apertou o lençol sobre a cama. Sem conseguir ficar em silêncio, falou:

"Meu priquito não tira xerox não, tá. Se eu embuchasse, esse menino nasceria morto."

Irritado por ouvir aquilo, Zacarias permaneceu deitado na cama. Segundos depois virou de bruços. Amparou a cabeça sobre o braço. Passou uma das mãos no peito para sentir a ausência de seu crucifixo. Benzeu-se. A mulher voltou a falar, mantendo a mesma expressão de repulsa:

"Tu deveria ter mais amor pela tua vida, sabia, garimpeiro?"

E foi, pouco a pouco, desenternecendo as mãos até a pele ganhar a tonalidade de âmbar. Confusa, ela deixou os ombros penderem. Ofegante, disse:

"Quatrocentos mil cruzeiros, o meu serviço."

Zacarias franziu a testa sem entender bem o que ela quis dizer. Então, pôs-se a imaginar como seria se a mulher sentisse as dores de parir ali mesmo. A barriga crescida além da conta. Naquele pequeno cubículo abafado. De pouca luminosidade. Ao som de uma música que ele nunca tinha ouvido, misturado ao barulho de vozes ao longe. Somente ele ouvindo os gemidos de dor que a mulher emitiria. A barriga, de vez em quando, contraída. O priquito dilatando aos poucos. Roçou a língua no céu da boca e o gosto chamuscado da boceta ainda estava impregnado nas gengivas, nos dentes e na língua.

A quenga voltou a repetir:

"Quatrocentos mil cruzeiros é o valor do meu serviço."

Ao entender o que a mulher havia falado, de bruços e sem fazer qualquer movimento, o homem falou:

"Deixa pra lá esse negócio de parir um menino meu."

Depois nem a notou acenando afirmativamente com a cabeça.

Ela continuou sentada na beira da cama. As mãos tremiam de raiva ao lembrar a fala do garimpeiro. Devia ter dado pelo menos três tapas na cara daquele homem, mas teve medo do maldito estar armado. Ou talvez chamasse a polícia. Além disso, sabia que a vida de uma quenga em Marabá tinha pouco valor. Aos poucos deixou os músculos da boca exaurirem o ódio que sentia. Impaciente, acendeu um cigarro. Deu uma tragada forte. Segurou por sete segundos, até deixar a fumaça sair pelo nariz. Fez um movimento perpendicular, dando duas socadas com o cigarro no ar. A fumaça formou duas linhas tortas. Observando a fumaça dissipar-se na semiescuridão, falou baixinho:

"Merda, ninguém pensa em mim."

Naquele dia, depois que chegou da noitada em Marabá, Zacarias atravessou o único cômodo de seu barraco, falando sozinho, repetidas vezes, em um intervalo de tempo pequeno, que queria encontrar uma pepita de ouro o mais rápido possível para comprar um três-em-um. Ele colocou um esforço na boca como se estivesse a devassar o chão da cava só com as unhas dos pés. O esforço era para fazer com que cada palavra pudesse alcançar todos os centímetros de seu barraco.

Sentado em um tamborete, embaixo de um pé de manga, no quintal ao lado, Manel ouviu nitidamente o que o padre vinha repetindo. Mesmo longe, sentiu o cheiro agridoce da rua dos cabarés exalar por toda parte. Quando ouviu não só o que falava Zacarias, mas o arrastar dos pés do homem, arrumou-se rapidamente. Descruzou as pernas. Contraiu o peito. Passou a língua por cima dos lábios até senti-los umedecidos. Recurvou a cabeça por uns dez segundos. Esfregou os pés um sobre o outro como se quisesse limpá-los, embora não tivesse mais tempo para ver como eles haviam ficado. Então, murmurou:

"Que diacho é um três-em-um, homem?"

Perguntou sem deixar de pensar que poderia ser um tipo de arma.

Ao atravessar a porta que dava para o quintal, o padre olhou meio incrédulo os pés empoeirados de Manel. Eles pareciam ter vencido todos os desmoronamentos de Serra Pelada e depois subido os degraus das adeus-mamãe com o garimpeiro recitando o livro de deuteronômio sem pensar na palavra bamburro, que um dia germinaria por mil anos na boca do marechal. Os pés estavam tão próximos como se fossem pregados, mas os dedos entreabertos. Pensou em perguntar por que Manel não estava de kichute, mas desistiu da ideia. Mexeu levemente os braços para a frente. Sem perder a mania, esfregou os dentes até o rangido fazer um barulho estranho. Ainda assim não conseguiu mais sentir o gosto da antarctica ou da boceta da mulher. Da lona que cobria o barraco, colocada em cima das palhas, emergiu um forte cheiro de melechete e impregnou até as tábuas das paredes.

Ao ver Zacarias, Manel refez imediatamente a pergunta:

"O que é um três-em-um, homem? É algum tipo de arma? Tu sabe que arma aqui é proibido. Um dia o marechal ainda vai proibir a gente até de respirar dentro desse garimpo."

Os dois sorriram. Arrumando os cabelos, Zacarias disse:

"Isso já tá acontecendo, camarada. Os garimpeiros é que não perceberam ainda."

Manel ficou sério. E ouviu atentamente a explicação do que era o três-em-um: um som que pega lp, fita e rádio.

À noite, logo que deitou em sua rede, Zacarias adormeceu pensando menos em deus e nos sacramentos. Ele sabia que o pavio da lamparina se apagaria sozinho à meia-noite porque era o único homem em Serra Pelada que havia aprendido a medida certa de querosene para que isso pudesse acontecer.

De manhã bem cedo, o padre acordou assustado. A cueca toda melada de gala. A lembrança da voz da quenga o atormentou ainda mais:

"Tu deveria ter mais amor pela tua vida, sabia, garimpeiro?"

Outra vez sentiu nojo do garimpo de Serra Pelada. Repugnância do barraco em que dormia. Das palhas secas, quase acinzentadas. De não ter forças para chorar. Do saco de cascalho pesando em seu pescoço. Do marechal. Dos bate-paus e seus trinta e oito enferrujados. Pulou da rede e começou a caminhar a esmo pelo único cômodo do barraco. O corpo movendo-se aparentava crescer de maneira vertiginosa, fazendo diminuir a própria respiração. Isso o fez reparar mais detidamente nas paredes de tábua. Sem entender por quê, enxergou, perto da janela de seu barraco, o desenho de alguidares submergindo só pela metade. Além disso, os vãos, na própria janela, reproduziam pedaços de claridades que deixaram o chão mais amarelecido. O silêncio oscilava como se Serra Pelada continuasse a dormir ou já nem servisse mais para arrefecer o cheiro de homens besuntados pelo melechete.

À tarde, dentro da cava, Zacarias sentiu vontade de olhar para o céu enquanto o saco de estopa era enchido com cascalho. Levantou a cabeça. Firmou uma das mãos por cima dos olhos. Contraiu as pálpebras um pouco. A densidade esbranquiçada das nuvens o fez pensar em deus sujo de lama. O dedo em riste. Ameaçando enclausurar, naquele dia mesmo, o marechal dentro da terra de um dos barrancos, e repetidas vezes dizer a ele:

"Tudo está consumado!"

Recobrou os sentidos. Jogou o saco de estopa cheio de cascalho por cima da cabeça, enquanto murmurava estas perguntas, foi se afastando em direção às adeus-mamãe:

"Quanto de sangue há nas mãos do marechal? Quantas epidermes tiveram o cheiro dos horizontes diminuído pelas unhas dele? Quantos nomes estão enterrados sob seus pés?"

Fechou os olhos. Voltou a escutar a gritaria dos garimpeiros ao terminarem de ouvir o marechal dizer, no segundo dia em que ele se apossou da região:

"A partir de hoje, ninguém mais vai pagar nada ao dono da terra onde o garimpo está."

A grota rica. A Serra Pelada. Tudo era agora dos garimpeiros. Sentiu vontade de engolir, de uma vez por todas, o nome das igrejas onde havia pregado. Fazer de todas as letras desses nomes a exortação de espaços vazios, retirando deles qualquer rancor possível. Repetir cada palavra de seus sermões. Ter desobedecido à ordem de ser o padre enviado para o garimpo. Aumentar de três para seis o número de candirus-açus a serem colocados sobre a língua do marechal.

No fim da tarde, Zacarias começou a sentir febre malsã. Antes de escurecer, armou a rede. Não acendeu a lamparina. Deitou. De madrugada, acordou alvoroçado, ouvindo, sem saber onde, o aboio tocar um canto estranho. Por convicção, sentou-se na rede. Juntou as mãos. Chorou consternado e repetiu sem parar as palavras:

"Serra Pelada, marechal e bamburro."

10

Subindo as adeus-mamãe, o esforço era tão grande que os garimpeiros, a despeito de suas aparências, já não conseguiam distinguir entre a esperança de bamburrar e o lameiro da cava descendo por seus corpos. Os degraus alimentavam neles o medo do brefo. A água minando da terra. Atrapalhando os olhos de distinguir homens, chão e fé. O sol. O céu. O cascalho. Cada dia era como se os garimpeiros possuíssem uma nascente ancorada no peito. A maioria deles empalidecidos dos pés à cabeça. A pele entendendo mais de distância do que de amor. Os dias pesando nos ombros. Moviam-se feito formigas. Não havia tempo de combinar de serem felizes. A sorte é que a maioria conhecia a concavidade por dentro e por fora. Muitos seriam capazes de devassar aquela geografia no escuro, sem nunca precisar acender lanternas, lamparinas, velas ou mesmo estrelas. Porém, nenhum anoitecia dentro da cava porque no escuro ela ficava sem fim.

Os garimpeiros eram homens que carregavam a ausência do lume da noite entre os dentes. De longe, eles eram como formigas. De perto, pareciam coisas terminadas de ser paridas pela terra do garimpo. Rente aos paredões do despenhadeiro, suas línguas permaneciam sempre atravessadas pelo gosto de mercúrio. Alguns dormiam pensando no bamburro, mas sonhavam com falésias cavadas nas próprias mãos pelos bate-paus do marechal. Outros repetiam, antes de dormir, sem rezar:

"É amanhã."

Se não fossem os cabarés do trinta, do cem ou de Marabá, a qualquer momento, seus corpos anunciariam facilmente a chegada dos abismos. Nenhum deles saberia dizer amém ou amor.

Será que Zuza entendia de cataclismos para falar daquela forma em Serra Pelada? Achando-o insolente, Manel extraía, das palavras faladas por seu macho, o cansaço que só a pele neblinada sabe esgarçar. Mergulhado na indiferença, dobrou os dedos das mãos e os apertou com força até sentir as unhas quase furar as palmas delas. Ao mesmo tempo que contraiu os dedos dos pés dentro do kichute. Mantendo-os curvados. Assim conseguia subir facilmente os degraus das escadas adeus-mamãe. Só que forçando os pés para baixo. Aos poucos Manel enxergou o fundo da cava ficar cada vez mais longe. O vozerio de centenas de homens nos barrancos povoava todas as distâncias existentes entre ele e o precipício. Tinha certeza de que, a qualquer momento, alguém gritaria:

"Ouro!"

E centenas de garimpeiros responderiam, gritando:

"Uhuuu!"

Enquanto outros, assobiando, formariam um coro. O saco de cascalho amarrado à cabeça. O pescoço dolorido. As unhas tufadas de terra.

A cada degrau que conseguia subir, Manel percebia à sua volta algumas formas de acariciar os sentidos imanentes dos abismos. As doze pás de cascalho pesando no lombo. Como poucos garimpeiros, ele trazia nas dobras dos joelhos a habilidade de regressar da morte sem a necessidade de sentir o cheiro das bromélias. Na boca da cava, ele se perguntava por que a madeira da adeus-mamãe não sabia sentir o peso dos cupins mais que de homens sujos de fuligens e lameiro. Na frente dele, outros homens subiam cada degrau em um movimento concêntrico. Por cima da cabeça e em parte das costas de todos eles, o saco amarronzado de cascalho molhado, enquanto desenhavam, sem explicação, a incógnita das nuvens. Assim, quanto mais ele subia para alcançar a beirada, mais o saco de estopa derramava um pouco da fome pelo cu de Zuza. A boca seca. As vistas turvas.

Se bamburrasse voltaria ou não para Trizidela? Era o que se perguntava. Disse à mulher que só regressaria ao Maranhão bamburrado, em condições de construir a casa com alvenarias de oito furos e cobri-la com telhas brasilit. Embora o que o deixasse impressionado era o fato de que todas as vezes que se aproximava dos últimos degraus da adeus-mamãe, quase saindo da ribanceira, Manel parecia ouvir a voz de seu homem a lhe dizer, com a voz serenada, mantendo as mãos espalmadas na parede do barraco:

"Me come, devagar."

Na febre diária de querer bamburrar, de tempos em tempos, Manel esquecia em qual dia da semana estava. O mês. A estação. O ano. Menos do Maranhão. De Trizidela. Do cu limpinho de seu homem. Dos grunhidos que ele soltava quando a pica estava entrando toda melada de cuspe. Do rio Mearim. Das samambaias crescidas ao redor da boca do poço. Queria saber se teriam vingado e crescido os três pés de hibiscos que sua mulher plantara. Se os meninos precisavam mesmo tomar novamente o biotônico fontoura, ou o chá de alho com limão antes do remédio para lombrigas. E a calça que encomendou com o tecido da batina, em Marabá, já estaria pronta? Precisava ir buscá-la.

Eram cerca de três horas da tarde quando o estrondo ecoou por toda a cava. Uma faixa de terra desprendeu-se do paredão atingindo, no lado sul, três barrancos e a metade de outro. Por alguns segundos, o barulho continuou zunindo nos ouvidos dos garimpeiros próximos ao desmoronamento. A poeira levantou tão alta que deixou praticamente invisíveis as adeus-mamãe e os barrancos próximos ao desabamento. Sem ventar, a fuligem de terra demorou mais de dez minutos no ar até se dissipar.

Rapidamente, os garimpeiros, meio incrédulos, pararam de trabalhar. Em um ímpeto só, soltaram as bateias. Pás. Enxadas. Cavadores. Enxadecos. Em poucos segundos, nos barrancos mais próximos, os homens, desorientados, vagaram ao acaso, cobertos de poeira. Limpando os olhos.

Assustados, os que estavam nas escadas apressaram os passos. Subindo ou descendo, o objetivo era chegar à terra firme o quanto antes. A maioria dos que estavam dentro da cava caminhou, de maneira apressada, na direção do desmoronamento. Os rostos em brasa. Escurecidos pelo melechete ressecado. As pupilas menos alvas, quase avermelhadas. Demiurgos. Desorientada, uma parte dos garimpeiros aproveitou para passar as mãos pelo corpo encharcado de suor, tentando, rapidamente, enxugá-lo. Os cabelos redesenhados por nuvens de fuligens. Mais uma vez, alguns tinham certeza de que a noite iria ser muito fria e que centenas de mariposas se debateriam, por cima das palhas dos barracos, em busca da claridade das lamparinas.

Em vez de orientar os garimpeiros desesperados, os bate-paus correram furiosos em direção à extensa faixa de terra. Na cintura, o cassetete, algumas munições e o trinta e oito. Posicionara-se a cerca de cinco metros de lonjura um do outro. De forma análoga, engendraram um círculo. Abriram os braços, criando uma cerca imaginária. Mantendo os braços em riste, acenaram frenéticos, com os dedos, ordenando que todos se afastassem. Os gestos impediram qualquer garimpeiro de se aproximar do local. Suas bocas, quando aquilo acontecia, gritavam, com a voz esganiçada, sempre as mesmas palavras:

"Ninguém encosta. Ninguém. Vão ver o que acontece se vierem pra cá. Fiquem longe daqui. São ordens do marechal."

Não se sabe por que repetiam sempre a mesma fala quando aconteciam desmoronamentos. Em meio ao horror, a feição dos bate-paus ficava ainda mais sombria. Temerosos, a maioria dos homens assistia sem entender. Em seu discurso, o marechal dizia que era preciso evitar mais mortes. Completava afirmando que, a qualquer instante, outro pedaço de terra poderia vir abaixo.

De longe, os garimpeiros, compungidos, olharam o alto-relevo de terra. Ficaram angustiados, querendo ajudar os companheiros o mais rápido possível. Mas a ordem dada pelos bate-paus era como se fosse para esperar enquanto os homens, sob a faixa de terra, terminavam de morrer. Agonizando sem ar. Sem bamburrar. Sem tempo de dizer meu deus, ou ouvir mais uma vez a voz do marechal falar qualquer coisa sobre o garimpo. Sem uma última visão do céu plúmbeo, ao entardecer, em Serra Pelada. Sem nada.

Que falta fazia um parapeito de pelo menos um metro e meio de altura, construído atrás dos bate-paus, para que os garimpeiros pudessem amparar as costas retesadas, foi o que Zacarias imaginou ao vê-los impedindo qualquer garimpeiro de se aproximar do local.

No paredão da cava, onde a terra desmoronou, ficaram à mostra ramos de arbustos envelhecidos. Dependurados, aquilo parecia distanciar ainda mais a ideia que se tinha de horizonte. A terra possuía diversas camadas. Só era possível distingui-las quando aquela desmoronava sobre homens. Pesando sobre suas carnes. Obscurecendo-os.

Dava para perceber, nos corpos dos garimpeiros, sujos de melechete, que em Serra Pelada a iminente tristeza vinha também dos desmoronamentos. Dos paredões de terra rarefeita de muscíneas. O mesmo aroma. As carnes encharcadas, ao mesmo tempo, de esperanças e pesadelos. A poeira cobrindo a paisagem. A maioria dos garimpeiros que testemunhou os desmoronamentos sentia vontade de erigir dentro da boca do marechal e dos seus bate-paus o único fedor da oração dos bárbaros.

Demorou saber quantos homens haviam sido soterrados. Perante aquilo, a única certeza era a de que o inverno nunca mais molharia seus pés fúlvidos. Suas unhas crescidas e entupidas de terra. Os corpos toldados pelas colinas do garimpo. De longe, dava para enxergar sete mãos espalmadas. Manchadas de cores quase turquesa. Os dedos retesados. As palmas das mãos caiadas de pequenos monturos de terra aparentavam ser da mesma pessoa. O melechete tem dessas coisas: deixa as carnes dos corpos dos garimpeiros iguaizinhas. Dava para enxergar também pedaços de escadas adeus-mamãe espalhadas perto da imensa massa de terra formada pelo desmoronamento. Do lado norte da cava, com certeza, as retinas dos garimpeiros não alcançavam as setes mãos do lado de fora da montoeira.

Meia hora depois, os bate-paus abaixaram os braços. Rapidamente, contraíram e desapertaram os dedos das mãos. Desmancharam o círculo imaginário. Uns mantendo as mãos por cima do cassetete, outros, do trinta e oito. Um deles deu autorização para que somente sete garimpeiros pegassem pás e enxadecos, e fossem abrir a terra. Inconformados, uns murmuravam palavras incompreensíveis em forma de monólogos.

Ao subir o relevo, os pés dos sete homens afundaram como se eles fossem obrigados a soterrar a si mesmos. Quando começaram a cavar, com todo cuidado, pequenos nevoeiros se formaram embaçando os olhos deles. A pergunta na cabeça de uns, na tentativa de se sentirem mais vivos do que nunca, era:

"Como vamos conseguir nos salvar disso?"

Pouco a pouco, os homens foram ressurgindo. A terra deixando de sombreá-los. Os três primeiros que foram desenterrados estavam com os corpos retilíneos. O lado das costas no chão. As bocas recurvadas. O que os deixara, aparentemente, mais velhos. A sombra dos ciprestes envelhecidos por cima do rosto de um deles parecia desenhar os olhos do marechal. As pupilas repletas de pés de embaúbas, com folhas verdinhas. As bochechas contraídas. Irresolutas. Além disso, as cidades de cada um dos garimpeiros mortos pareciam surgir, com ruas intumescidas, de suas bocas retesadas.

O peito de um dos garimpeiros desenterrados estava como quem, no último instante, tentou arquejar. Aparentava estar cansado de tentar ser apenas ilha.

Caso qualquer dos três conseguisse voltar a ficar em pé, claudicaria o resto de seus dias. Mesmo depois de desenterrados, seus rostos permaneciam meio penumbrados. Dois estavam com as costas levemente vergadas para a frente, quase imperceptíveis. Era de imaginar que eles tentaram sustentar o peso da terra no dorso. Estavam um pouco de lado e um deles aparentava ter conseguido, segundos antes, posicionar a bateia sobre o peito. Os braços envoltos ao objeto, afagando-o. Além desses, outro garimpeiro morreu ajoelhado. Mãos cruzadas como quem havia, no último instante, se lembrado de puxar uma reza em nome de todos ou apenas perguntar pelo abandono de deus.

Os garimpeiros terminaram de desenterrar os mortos, chorando, disfarçadamente. Soltaram, desconsolados, as pás e os enxadecos perto dos corpos estendidos a cerca de dois metros do convexo de onde haviam sido retirados. Os mortos estavam com os pés inchados. As canelas sangravam em vários lugares, originando algo parecido com araucárias desfolhadas. Um deles teve a mão decepada acima do punho. Quando os garimpeiros perceberam a tragédia, foram rapidamente cavoucar a terra com as mãos, mas não encontraram nada. Enquanto procuravam, viram os bate-paus marchando para se aproximar dos corpos. As batidas das botinas na terra faziam emergir o cheiro de ambrósias ressequidas. Os braços rijos. Já próximo dos corpos, um dos bate-paus começou a sorrir quando viu descer uma lágrima do olho de um dos garimpeiros mortos. Esse bate-pau, agachado, encostou a cabeça perto do nariz dos garimpeiros para ter certeza de que estavam realmente mortos. Outro veio atrás, com as costas arqueadas, abrindo os olhos fechados dos mortos, iluminando as retinas deles com uma lanterna. Minutos depois, desistiram da tarefa. Três deles se puseram a limpar as próprias unhas. Todos sabiam que, quando morre qualquer homem, dentro do garimpo, diminui o sentido da palavra bamburro.

Manel sentiu seus olhos se encherem de lágrimas. Quando terminou de descer as escadas, estava ofegante e soltou o saco de estopa vazio no chão. Desejou pedir para serem colocadas, daquela vez, apenas nove pás de cascalhos, em vez de doze, dentro do saco. Seria a única forma de homenagear os soterrados. Ainda distante do barranco em que trabalhava, parou de caminhar. Manteve a boca aberta tentando respirar melhor. Juntou as pernas. Ficou de cócoras e riscou uma cruz no chão.

Triste, ele perguntou a si mesmo:

"Como estaria sendo a primavera de Trizidela? Teria conseguido a mulher sozinha tampar as goteiras da casa? Será que estava limpando, todos os dias, as remelas dos olhos dos meninos com a ponta da saia úmida? Estaria reclamando do pé de pau florido que sujava o quintal com suas folhas secas?"

Essas perguntas faziam com que o gosto de água de jucá voltasse a emergir no meio de sua língua. Olhou na direção de onde estavam os corpos:

"Como ele conseguiu manter a bateia abraçada ao peito, justamente na hora de morrer?"

Foi o que Manel se perguntou ao ver um dos mortos abraçado ao objeto. Suas pupilas estavam rodeadas de terra. Pintadas de cinza-escuro. No meio daquela tristeza toda, lembrou-se do cu de seu macho. Limpinho. Nenhum cabelo. Liso como a bateia untada de mercúrio. Um dia, teria coragem de pedir a ele para lavar com água de jucá?

Pensou também nos cabelos de sua mulher encharcados de azeite de mamona. Reluzentes. À noite, o cheiro espalhando-se por todo o quarto.

De dentro do buraco, foi possível ver o vulto do marechal na parte de cima da cava. Mãos cruzadas atrás das costas. Ao sinal dele, um dos bate-paus assentiu e ordenou que os nove corpos fossem amarrados cada um em uma escada adeus-mamãe. Duas escadas estavam retorcidas. Imbatizáveis. Por volta de seis horas da tarde, os corpos foram içados. O barulho das escadas sendo puxadas misturou-se com o chilreio das cigarras invisivelmente espalhadas por pequenos arbustos.

Vendo os corpos serem puxados de dentro da falésia, Manel sentiu o forte fedor dos manguezais que vem, de vez em quando, às margens do rio Mearim. Ao perceber as camisas dos garimpeiros rasgadas em vários lugares, ele sentiu vontade de pedir a Zuza para rapidamente coser aqueles pequenos furos. Pertencer à cava não bastava. Olhou em direção ao lugar onde os garimpeiros foram soterrados. A terra remexida. O tufo de relva suspenso no paredão desenhou no chão a imagem dos sete bate-paus batendo continência e, com a outra mão, segurando o trinta e oito, enquanto o marechal ajeitava o rayban por cima do nariz.

Na parte de cima do buraco, um bate-pau mandou enfileirar os corpos, ladeando-os. Ele mesmo fechou os olhos de todos os garimpeiros mortos. Em seguida, ordenou que fossem levados para serem postos atrás do armazém da cobal, cobertos por pedaços de lona. Pela manhã, antes do hino nacional, o marechal os enviaria em um pau de arara ao necrotério de Marabá.

À noite, Manel, meio perturbado, falou baixinho tudo o que vira na cava, sem nem sequer olhar na cara de Zuza. Por fim, criou coragem e disse:

"Um dia, Serra Pelada vai morrer, sem outonos, dentro dos ossos do marechal, porque o peito daquele homem é feito da solidão incurável das muscíneas."

Por duas vezes seguidas, aquela fala repetiu-se na cabeça de Zuza. Repentinamente, algumas coisas começaram a fazer sentido, embora ele sentisse, de vez em quando, o desejo de piscar, pouquíssimas vezes, os olhos molhados de suor.

Ouvindo aquilo, Zuza colocou as mãos na boca de Manel e disse apenas:

"Fale baixo, homem. Nesse lugar, até os pavios das lamparinas têm ouvidos."

Terminou de falar sentindo um gosto de cerração no meio da língua. Um gosto forte que daria para imantar duas dúzias de rinocerontes dentro dos ossos do marechal. Zuza aproximou-se de seu homem e o abraçou.

As últimas palavras ditas por Manel foram:

"Amanhã? Impossível saber."

11

De súbito, a pica amoleceu ainda dentro da boceta da quenga. Em poucos segundos, a rola diminuiu mais de dez centímetros. Lentamente, os minúsculos vasos sanguíneos das bochechas deixaram de dilatar. Aos poucos, foi sentindo as bolas dos joelhos ficarem doloridas. O peito começou a ser tomado por um aguaceiro frio. O suor daria para molhar pelo menos uns dois quilos de araruta. Inutilmente, Manel ainda tentou dar bidões na pica, enquanto sentia o próprio cu piscar. Manteve as mãos espalmadas por cima da barriga da mulher. Desesperado, não sabia o que fazer para o pau voltar a ficar duro.

Cuspir em uma das mãos e passar na cabeça da rola? Pensar no cu de Zuza abertinho e fazendo a bezerra? Nas ancas de sua mulher balançando, pela manhã, enquanto ela descia a única ladeira às margens do rio Mearim, voltando da feira? No cheiro da água de jucá?

Ele não entendeu por qual motivo os seus pés e mãos começaram a sentir câimbras. Do nada, os nervos dos dedos se enrijeceram como se estivessem mergulhados em salmouras. Um gosto de sangue se espalhou nas gengivas e entre os dentes. Assustado esfregou o polegar em cima da língua. Olhou e não viu nenhuma mancha de sangue. Em seguida, tentou apertar o próprio rosto, mesmo com os dedos doloridos. A sensação foi de que as bochechas estavam caiadas de terra ou untadas com ninho de joão-de-barro misturado com violetas para curar caxumba.

Quando começou a sentir o corpo suando, desistiu de lutar de forma abnegada para voltar a sentir a pica dura. De joelhos, sobre a cama, não quis mais continuar metendo a rola na boceta da rapariga. Desiludido, tirou-a de dentro do priquito dela completamente mole. Mesmo com as mãos dormentes, segurou o pau com muita dificuldade e sacudiu forte por duas vezes tentando enxugá-lo. Só depois disso, foi que sentiu a dor nas bolas dos joelhos se espalharem pelas pernas inteiras. O ar do cubículo abafado. Desalentado, ele ficou com vontade de esbravejar sem parar, na semiescuridão, as palavras bamburro e ouro. Gritar até a garganta ficar rouca. Quando terminou de sacudir a pica, olhou de rabo de olho para a mulher. Ela ainda mantinha as pernas completamente abertas. Gotículas de uma gosma esbranquiçadas pareciam adornar as beiradas do priquito, delineando pequenas corolas. As mãos espalmadas. Braços estendidos como quem queria voar. Aquilo o deixou ainda mais consternado porque a quenga continuou como se nada tivesse acontecido. Inerte, a poucos centímetros dele, era provável que a mulher estivesse a pensar que Manel voltaria a meter a rola todinha dentro dela.

A rapariga manteve o rosto voltado para o teto do quarto. Os olhos abertos como quem não precisasse nunca mais se redimir, embora continuasse sem entender, até aquele instante, o que havia acontecido. Os cabelos desgrenhados esparramaram-se por boa parte da cama, alcançando quase a metade das costas dela. O cheiro de deo colônia cristal topaze a emergir de cima de seus peitos. Mas a demora do homem em voltar a meter a pica na boceta dela a fez curvar as pernas. Manteve os joelhos separados por cerca de quase quinze centímetros. Espalmou as mãos. Apertou os lábios e o gosto do batom deixou sua língua com gastura.

De onde estava, Manel fixou os olhos na calça branca, tirada às pressas logo que entrou no quarto. A peça de roupa estava a uma lonjura de três metros da cama. Enquanto levantava, contraiu as pálpebras na intenção de enxergar a calça toda. Em pé, bateu de leve os calcanhares no chão ao lembrar que ela havia sido feita com o tecido da batina do padre Zacarias. Sentiu ódio só em imaginar que aquilo fosse de fato o culpado por sua pica ter amolecido tão rápido. De imediato, pensou que o pano da calça ainda estivesse impregnado pela castidade de todos os seminários. A cor branca abraçada pelas minúcias de todas as rezas. Os pequenos vácuos do tecido deveriam estar cobertos pela fumaça das velas e dos incensos das igrejas por onde o padre andou. Essas suposições o deixaram envolvido na atmosfera da solidão de Serra Pelada. Na amargura dos bate-paus que tinham que ouvir o marechal falar, a todo momento, que ele era a pátria. Angustiado, como alguém que foi obrigado a crispar a própria boca, o garimpeiro voltou a sacudir a pica bem devagar. Segurou com as duas mãos, deu mais dois bidões. Nas duas vezes sentiu o cu piscar. Com vergonha e querendo enfiar a cabeça em qualquer lugar, Manel se deu conta de que na cama não havia lençol encobrindo o colchão. Arrependido de ter saído outra vez do garimpo sem avisar a seu macho, entrelaçou os dedos das mãos e perguntou a si mesmo:

"Será se a mulher já pediu ao menino mais novo pra colocar a mão na moleira, pra saber se está perto de eu voltar ou não pra casa?"

O feixe de luz vindo de outro quarto fez Manel enxergar melhor a pica. Ele nunca tinha visto o pau molengo daquele jeito. Um pedaço diminuto de carne amarronzada. A cabeça desavermelhando aos poucos. No tronco, um feixe de cabelos grossos aparentava, a qualquer instante, que ficariam maiores que a rola. "Benza a deus!" foi o que sentiu vontade de falar, erguendo os braços, mas, de costas para a quenga, apenas perguntou:

"Quanto foi teu serviço, mulher?

Ouvindo aquilo, ela voltou a arreganhar as pernas. Acariciou a boceta. Passou dois dedos no clitóris. Fechou os olhos e esfregou os lábios um no outro. Depois, passando as mãos no cabelo, perguntou:

"Vai pagar com pepita ou com bufunfa?"

Esperando o homem responder, ela fechou e abriu, rapidamente, de maneira desalentada, as pálpebras. Sem responder, Manel começou a vestir calmamente a cueca. Depois pegou a camisa do chão e, só quando a estava abotoando, foi que, encorajado, disse:

"Com bufunfa, caramba. Tu sabe melhor que eu que, se algum garimpeiro se meter a besta e tentar sair com ouro lá do garimpo, o marechal manda matar no mesmo dia."

Com a voz baixa, a quenga perguntou:

"É tudo ou sem a chave?"

Impaciente, Manel coçou a orelha. Esforçou-se para tentar esconder a angústia na própria voz. Pela primeira vez na vida, esfregou as pálpebras usando as costas das mãos. Queria chorar, mas a única forma de fazer isso dentro do quarto de um cabaré era enterrando mil papoulas no meio da língua. Então, respondeu, com a voz menos constrita, sem necessidade de procurar outras palavras:

"É tudo."

A mulher permaneceu deitada. A respiração compassada. Na semiescuridão, esgueirou o homem por entre as pernas totalmente curvadas. Depois, fechou-as, rapidamente, deixando os joelhos encostados um no outro, ambos formando uma bola de carne. O suor os ajudou a ficar coladinhos. Percebendo que sorriria, a quenga tentou manter, a qualquer custo, os lábios cerrados. Por mais dois ou três minutos, ela conseguiria segurar o riso, no entanto, o esforço foi inútil porque acabou não aguentando. Emitiu um som meio estridente, disfarçado pelo canto da boca, como se fosse assoviar. Foi nesse instante que a mulher pensou: "Se tivesse como eu ir embora de Marabá amanhã, antes do amanhecer, falaria tudo o que estou sentindo vontade de dizer, ao ver mais um garimpeiro de pica mole em minha frente." Rapidamente, fez um movimento para trás com as costas e esticou um braço até conseguir pegar a calcinha de cima da cama. O movimento a fez sentir a boceta ainda melada de cuspe. Com a calcinha na mão, levou-a até o nariz. Deu um cheiro no fundo dela. Depois, voltou a arreganhar as pernas. Passou levemente a calcinha nas beiradas do priquito, tentando enxugá-lo. De súbito, derreou de vez o corpo por cima do colchão. Jogou, de uma só vez, as pernas contorcidas para cima e vestiu a calcinha. Tomou coragem e sentou na beirada da cama. Passou as mãos nos cabelos mantendo a cabeça o tempo todo curvada. Sem levantar os olhos, disse com voz melodiosa:

"Trezentos e cinquenta mil cruzeiros, tá?"

De sua língua saiu um gosto de lonjura enrubescida.

Fosse no quilômetro trinta, em eldorado, ou mesmo em Marabá, as quengas conheciam os garimpeiros pelas palmas das mãos. Pelo cheiro acre que emergia da pele deles. Isso porque terra, lama e carne se misturavam forjando um homem diferente do que chegara ao garimpo. Em cada garimpeiro, embaixo de alguns de seus dedos, logo nos primeiros dias de garimpagem, nasciam uns calombinhos de água que de vez em quando secavam e deixavam suas mãos ásperas, como se elas nunca mais fossem capazes de conseguir fazê-los esquecer de cheirar desertos ou sonhar com um deus que só aprendeu a cultivar planícies. Em contraste com a aspereza, as pontas dos dedos eram lisas e pareciam estar o tempo inteiro umedecidas. As unhas eram mais secas que o normal. Mesmo lavadas, permaneciam amarelecidas por dentro. Estranhamente, à noite, sob a luz das lamparinas, elas ficavam escuras. Quando as unhas roçavam, mesmo sem querer, sobre a pele, dificilmente não deixavam lanhos por onde passavam. Dentro da cava de Serra Pelada, cada unha se assemelhava aos enxadecos ou às picaretas cavoucando a terra em busca de ouro. Se os garimpeiros tivessem o tempo inteiro as pontas dos dedos umedecidos, removiam facilmente as cascas das feridas espalhadas pelo corpo esbranquiçado de deus.

De costas para a mulher, Manel passou a vagar dentro do quarto, quase tateando entre as paredes. Para disfarçar o que sentiu, manteve as mãos coladas na cintura. Os cotovelos formando meio círculo. Emplumados, dariam para fazer duas asas. Deixou em riste os dedos dos pés. Pelas pupilas dele, dava para perceber que começara a ficar ensandecido, vestido de cueca e com a camisa abotoada até o colarinho. Sentiu um ódio cada vez mais crescente pela calça. Chegou a pensar seriamente em não voltar a vesti-la, mas sabia que, se saísse do quarto da maneira como estava, seria preso. Transferido no outro dia para a delegacia regional de Marabá.

A pica murcha começou a derramar espermas, atravessando o tecido encardido da cueca. As gotículas de gala criaram rapidamente minúsculas corolas. Depois escorregaram até se espalhar pelas pernas do garimpeiro. Isso o fez lembrar que na noite anterior havia sonhado com um pé de araucária, já envelhecido, nascendo na frente de seu barraco. Os galhos quase tinham a cor dos olhos do marechal, embora fedessem incessantemente a jenipapo. No quintal, o pé de manga não floraria.

A forma como a quenga falou que o serviço custava trezentos e cinquenta mil cruzeiros obrigou Manel a perguntar a si mesmo se sua mulher ainda guardava os pedaços das peias acinzentadas, tiradas das moelas das galinhas, para fazer remédio para dor de barriga. Se ela tinha desistido de vez da ideia de colocar um pinto para piar na boca do menino mais novo porque ele ainda não tinha aprendido a falar nenhuma palavra. Ou se seu macho desistiria da ideia de comprar dois balaios em Marabá e dar de presente à vó no dia em que ela parasse de queimar pedaços de papéis, só para saber que bicho daria no jogo.

Como se estivesse perto da porta de saída do cabaré, ele começou a ouvir ecos de tudo o que se falava dentro dos cinco quartos, mas sem conseguir distinguir qualquer frase. A intensidade das falas e o barulho da música fizeram Manel sentir o suor descendo da testa aguar o rosto inteiro dele. Por alguns segundos, recobrou a consciência. Enquanto aparentava ouvir os ecos das vozes e alguns gatos miarem por cima do telhado do quarto em que estava, olhou longamente em volta do pequeno cubículo. Deu-se conta de que não havia nada além de uma porta, uma cama de casal e uma pequena mesinha de madeira, o que o deixou ainda mais impaciente. Envergonhado, o homem parou de vagar pelos poucos metros do cômodo, como se, repentinamente, fosse capaz de deixar de ter pressa. A cada minuto, pensava unicamente em como iria sair dali sem ter que vestir a calça.

A rapariga, para disfarçar o desespero que começava a sentir, enxergando aquele homem aturdido, manteve as pernas encostadas uma na outra. Esticou os braços até conseguir sentar na beira da cama. Voltou a estirar os braços para trás para amparar o corpo meio curvado. Começou a assoviar baixinho, tentando acompanhar o ritmo da música que ecoava pelos cômodos do cabaré. Ficou admirada de não ter ouvido até aquele instante uma palavra de lamentação sair da boca do homem. Quando aquilo acontecia, os garimpeiros sempre diziam alguma coisa que tinha a ver com bamburro.

Repentinamente, Manel aproximou-se da calça sentindo vontade de ver a metade de seu rosto refletido em um pequeno espelho d'água do rio Sereno. De cócoras, retirou algo de dentro do bolso da frente. Ficou em pé. Bateu, superficialmente, com o dorso da mão em um maço de dinheiro dobrado. De relance, foi possível perceber que apenas as primeiras notas eram de quinhentos mil cruzeiros. Franziu a testa, desenhando, sem querer, três linhas do mesmo tamanho no meio dela, quase tangenciando as sobrancelhas. Para Manel, naquele momento, importava também saber se seus filhos já estavam dando conta de pegar libélulas pelas asas. Se já tinham aprendido a amarrar um pedaço de linha retirado do saco de estopa no rabo delas, se brincavam no quintal, deixando as libélulas voarem amarradas nos dedos de suas mãos. Com as notas de dinheiro nas mãos, contou por duas vezes o valor, molhando a ponta do dedo na língua. Separou os trezentos e cinquenta mil cruzeiros. Dobrou as notas ao meio e as colocou em cima da cama, perto da mulher. Ela, como quem sofre de ânsia, descruzou as pernas. Ficou ereta. Pegou com as duas mãos as notas de dinheiro sem parar de olhar para o homem. Piscou os olhos por três vezes, em pequenos intervalos, como se algo a incomodasse. A quenga conferiu cédula por cédula, passando a mão na língua. Nesse instante, Manel percebeu a formação, repentina, do desenho de uma cordilheira auroreada por cima das sobrancelhas dela. Contraiu as pálpebras. Mirou o pedaço de parede por cima da cabeça da mulher e imaginou a bênção que seria poder escrever naquele exato lugar a frase "tudo posso naquilo que me entristece". Encorajado, vestiu a calça.

    Quando atravessaram a porta do cubículo onde estavam, foi que Manel percebeu seu corpo totalmente encoberto pela sombra da rapariga caminhando à sua frente. Depois de se afastarem do quarto cerca de dois metros adiante, ele começou a sentir o forte fedor de urina emergir de todas as paredes do cabaré. As primeiras coisas que vieram à sua cabeça foram: Zuza teria amanhã um palpite pro jogo do bicho se acaso sentisse aquele fedor? Quantas velas a mulher havia acendido pra nossa senhora das candeias naquela noite? Dessa vez, ela teve coragem de colocar as velas acesas nas janelas da casa que davam pra rua? Será que já havia desenrolado os cueiros onde guardou os umbigos dos meninos e enterrado aqueles dois pedaços dos corpos das criaturinhas na porteira de alguma fazenda? Àquela hora, Zuza já tinha devolvido as roupas lavadas dos garimpeiros?

De manhã, inconsolável, subiu com dificuldade no pau de arara para voltar a Serra Pelada. Ao sentar, abaixou a cabeça. Fechou os olhos. Arrependido do que fizera, juntou as mãos. O escuro dentro das retinas o fez enxergar seu pai bêbado. Chegando à casa. Os passos pesados. Ouviu-o gritar seu nome apenas pela metade. O homem atravessou os poucos cômodos falando alto e gesticulando. Só parou quando Manel, temeroso, aproximou-se do velho. Sentiu-o segurar forte em seus cabelos, e bradar:

"Me fala, praga, teu nome completo. Os nomes de todos os móveis que há nesta casa. O nome completo de teu pai. De tua mãe. Vai, ordinário, diz."

Voltou a sentir a dor que sempre o atormentava. Era como se a cabeça fosse sair do lugar. Mais um dia e a mãe seria xingada de puta e preguiçosa. Levaria tapas e pontapés. Teria seu cabelo puxado com violência.

Assombrado, Manel abriu os olhos e afundou-os na direção da pa duzentos e setenta e cinco. Pegou a calça e a dobrou. Sentado mesmo, a jogou sobre a cerca de arame farpado fincada entre uma fazenda e a rodovia. As pupilas quase veladas. A boca tensionada e imersa na angústia fez cada lábio se tornar uma encosta e, somente minutos antes de descer as adeus-mamãe, pela última vez, foi que ele entendeu do que realmente se tratava. Era a cava de Serra

Pelada desmoronando em forma de pequenos montículos de terra sobre uma de suas pernas.

Naquela manhã, as horas em volta ao garimpo foram as mais demoradas na vida de Manel. O lugar aparentava estar mais distante que das outras vezes. Nem Trizidela ou o cheiro do rio Mearim pareciam estar tão longe. O pau de arara levantando poeira na precária estrada da pa duzentos e setenta e cinco. A fuligem de terra a todo instante deixando a paisagem turva. Os capins na beira da rodovia engolidos pela terra e os pedregulhos formavam, de vez em quando, a imagem de arrecifes quase alaranjados. Em boa parte da viagem, os olhos de Manel lagrimaram. A boca, o tempo todo, ficou seca. Disfarçadamente, de hora em hora, por cima do short tactel, ele passava a mão na rola, mole, mas enxutinha. Parecia ter voltado a ter o tamanho e a grossura que sempre tivera. Aquilo o fez lembrar-se dos trezentos e cinquenta mil cruzeiros enroladinhos em uma das mãos da quenga. Do desenho da cordilheira aurorada na testa dela. Da satisfação da mulher em receber pelo serviço. Da bondade de seu homem que sempre ofegava pouco quando os dois estavam nus dentro do barraco. Das dívidas com o barranco em que trabalhava aumentando a cada dia. Da esperança de bamburrar diminuindo cada vez mais. Dos bate-paus com a boca repleta de ódio.

Antes de pensar o que iria dizer a Zuza, a única certeza era a de que mentiria novamente. Falaria a ele que não fora a Marabá. Que não arredara os pés do garimpo e que só estava triste. Por isso, resolveu não ir vê-lo à noite.

Qual o tamanho da solidão dos homens em Serra Pelada? Da largura do coração de uma formiga? Ou do comprimento dos pesadelos manchados de limo nas asas de uma mariposa? Se pelo menos a terra da cava fosse como a dos mangues, os garimpeiros teriam tempo suficiente para pensar na própria solidão. Todos os dias, do barraco para o barranco, o pensamento dos garimpeiros fervilhava sem parar, apesar de que, durante a madrugada, o fedor de gala, que não se dissipava facilmente, diminuía parte da solidão de alguns.

Ao chegar a Serra Pelada, Manel caminhou direto para a cava. Quando começou a descer os primeiros degraus das escadas adeus-mamãe, sentiu o gosto de barro molhado por cima da língua. Teve tempo de acenar com uma das mãos para alguns conhecidos. A quenga e os trezentos e cinquenta mil cruzeiros já estavam no passado. Por conta da claridade do sol incidindo no paredão de terra, ele fechou um pouco as pálpebras para ver se conseguia enxergar melhor. Com a visão embaçada, teve a ideia de colocar uma mão por cima dos olhos, mas desistiu. Esfregou os dentes, uns sobre os outros, pensando que aquilo ajudaria a diminuir o gosto de barro molhado. Não sentiu nenhum peso diferente sobre a língua, ainda que o sabor de terra desse a impressão de que a própria boca tivesse sido untada com pequenos pedaços de melechete. Dali em diante, Manel foi ficando diminuto no meio da multidão de homens.

A terra tirada do despenhadeiro deixava a carne dos garimpeiros indefinida. Era como se todos aqueles homens não soubessem mais dar fim à expressão cadavérica agarrada às peles deles. Não era difícil ouvir a palavra bamburro soar como grunhido em qualquer lugar do garimpo.

12

No instante em que Manel, cabisbaixo, atravessou a porta do barraco de Zuza, este enxergou na sombra do macho a imagem da vó, que aparentava ter envelhecido além da idade. Pelo movimento da sombra, ela segurava, com as duas mãos, os dentes e dizia sem parar:

"Diabo, menino, deixa eu benzer sossegada a minha dentadura pra ela não amarelar de vez."

As mãos trêmulas. O vestido florido batendo abaixo dos joelhos sem se mover. Os cabrestos das havaianas limpinhos. A vó mal conseguiu erguer, à altura dos primeiros centímetros do rosto, os dentes postiços. Eles estavam cada vez mais acinzentados porque ela só os limpava uma vez por dia, usando a mesma escova com a qual lavava as roupas. De longe, Zuza ficou impressionado com a forma retilínea dos dentes. A velha fechou os olhos por poucos minutos, no mesmo instante em que moveu os lábios. Os dedos dos pés inquietos, como se todas as letras das rezas que sabia estivessem nascendo, pela primeira vez, ali mesmo, dentro daquela boca. Nessa hora, Zuza não entendia por que, mesmo em pé, a mulher mantinha o corpo curvado. Parecia tentar fazer com que deus pudesse entender mais de ossos do que da piedade dos pirilampos.

Quando escutou Manel intensificar o arrastar dos pés dentro do casebre, Zuza voltou a si. Viu desaparecer de vez a imagem da avó. O cheiro de melechete o fez lembrar que estava em Serra Pelada e não em Barra do Corda.

Antes de chegar pertinho de seu macho, Manel parou de caminhar. Limpou o suor com o dorso da mão. Repuxou a camisa. Então, disse:

"Prometa que não haverá mais chuvas em Serra Pelada."

Ao que Zuza, em pé, perto da porta que dava para o quintal, rapidamente, respondeu:

"O quê? Como que vou prometer uma loucura dessas, homem?"

Ao ouvir a resposta, Manel apenas murmurou baixinho:

"Eu queria aprender a falar sozinho com deus, mas tenho medo da brancura dele."

Fez um gesto com os dedos de uma das mãos, como se estivesse desenhando no ar cada palavra que saía de sua boca. Manteve juntinhos os dois pés, quase formando uma coisa só. Olhou para o alto e disse:

"O abacateiro vai florar esse ano ainda."

No céu do garimpo, as nuvens avermelhadas já haviam encoberto as estrelas. O zunido forte do vento, por cima dos barracos, começou a assustar. De forma repentina, os relâmpagos passaram a clarear muito mais que as lamparinas. Já fazia alguns dias que a cava vinha sendo alagada pelas chuvas ou mesmo pelas águas que minavam do chão. O fato é que nem isso deixou de trazer, das entranhas da terra, a promessa de bamburro, muito menos o fedor entremeado de homens besuntados pelo melechete diminuiu.

Assustado pelo que ouviu durante a tarde, Manel criou coragem e disse:

"Tá todo mundo falando que o marechal anda dizendo, pelos quatro cantos do garimpo, que, quando qualquer garimpeiro cometer um erro, vai ser muito pior. Não vai ser só formigas e açúcar não."

Depois de alguns minutos de silêncio, Zuza teve forças para dizer somente:

"Pode dormir aqui hoje se você quiser."

Manel respondeu:

"Tá bom."

Armaram as redes no meio do barraco. Zuza apagou a lamparina. Deitaram sem dizer uma palavra. Manel pôs o corpo na posição fetal. Acomodou uma perna sobre a outra. Deixou a cabeça amparada por cima dos braços. Entrelaçou todos os dedos das mãos. Abriu um pouco a boca e dormiu.

Naquela noite, o homem de Zuza sonhou com um cardume de peixes sendo guiado por vaga-lumes em direção à cava. Insanamente, correu de barraco em barraco, à procura de um escafandro, pois achou que aquilo era o sinal de que um rastro de água alargaria a cava, formando um atlântico. Em meio ao pesadelo, acordou exausto. Arregalou os olhos no meio da escuridão. Não conseguiu distinguir a paisagem dentro do cômodo. O lugar exato onde estava armada a rede de seu macho. Foi aí que decidiu que, na primeira oportunidade, perguntaria ao marechal para onde estava sendo levado o ouro retirado de Serra Pelada.

Naquela madrugada, enquanto a chuva se adensava, Manel compreendeu o que algumas vezes ouviu o marechal dizer:

"A vida é só um caminho para a morte."

Nas primeiras horas da madrugada, Manel escutou a chuva começar a cair sobre as palhas do barraco de Zuza. Pensou na bufunfa que deixara nos cabarés de Marabá. Só então estirou as pernas. Sentiu-as lanhadas. Colocou as mãos sobre o peito. Pensou em Trizidela. Na mulher. Nos meninos. No rio Mearim. No marechal e seus bate-paus. Nos afagos de Zuza. Abriu e fechou as mãos como se apalpasse um terço invisível entre os dedos. Voltou a fechar os olhos. Roçou os lábios um no outro. Voltou a entrelaçar os dedos das mãos. Começou a rezar baixinho a única reza que sabia de cor:

"Pai nosso que estais no céu, santificado seja o teu nome, venha a nós o teu reino, seja feita a tua vontade assim na terra como no céu..."

13

Há quase dois dias Zuza não ouvia o som da voz de seu homem. Antes de anoitecer, encheu a lamparina de querosene. Tentou acendê-la pertinho da janela. Não conseguiu porque não encontrou um palito de fósforo. Ficou na esperança de Manel aparecer. Ele acenderia a lamparina fácil, fácil. Quis gritar a palavra "não", embora a vontade de chorar fosse maior. Naquela noite, em um intervalo de tempo muito pequeno, ouviu a rasga-mortalha piar três vezes nas proximidades de seu barraco. Aflito, Zuza se benzia a cada pio e repetia:

"Tá amarrado, em nome de jesus. Tá repreendido."

O amor sentido por Manel fez as carnes de Zuza se agarrarem mais aos suplícios do que à neblina das manhãs ao redor da cava. Desolado, pensou em como estaria a barriga de Manel: "Cheia ou vazia?"

De madrugada, sem conseguir dormir, levantou. Descalço mesmo, caminhou até o quintal. Enfurecido, puxou um balde de água. Voltou para dentro do barraco. Em meio ao escuro, aguou com as mãos o chão de terra batida como se aquele gesto fosse capaz de limpar um pouco do desprezo que passou a sentir por aquele lugar. Enquanto jogava água, falou:

"Quanta falta faz um palito de fósforo para acender a lamparina!"

Desejou ter aprendido com sua vó a calcinar pequenos ramos de dálias para espalhar pela casa e deixá-la com um cheiro menos parecido com o de creolina. Quando terminou de aguar o chão, voltou a se deitar. Quase amanhecendo, pegou no sono. No pouco que conseguiu dormir naquele dia, sonhou perdendo uma de suas sandálias. No sonho entrou em desespero, tentando, a qualquer custo, encontrar o pé da sandália. Debateu-se em agonia por achar que havia machucado o pé descalço.

Nos primeiros dias de inverno, Serra Pelada ganhava a aparência de lugar que amanhecia mais cedo. Eram quase seis horas da manhã quando Zuza escutou a porta de seu barraco sendo atacada com murros e pontapés. O barulho se intensificou cada vez mais. As palhas secas estremeciam como se fossem se desamarrar e cair a qualquer instante. Desalentado, ele sentou na rede. Enrubesceu e pensou em rezar pelo menos uma ave-maria antes de colocar os pés no chão, mas as pancadas na porta aumentaram. Então, esfregou a ponta dos dedos nos olhos. Depois, passou as mãos nos cabelos desgrenhados, tentando penteá-los. Balançou os pés. Contraiu as pálpebras para olhar as réstias de luz que entravam pela janela. Tomou coragem e pulou da rede sobressaltado. Quando tocou os pés no chão, foi como se estivesse fazendo aquele movimento pela primeira vez na vida. O estranho é que, com o aumento do barulho, suas mãos começaram a coçar. Pensou em vestir uma camisa, no entanto imaginou que, quanto mais demorasse para abrir a porta, mais chances haveria de todo o garimpo ouvir aquele barulho. Sem camisa e descalço, gritou apressado:

"Já vai."

O gosto azedo na língua o fez sentir vontade de cuspir, não fez isso porque não sabia quem batia daquele jeito na porta do barraco. De uma só vez, sentiu sua voz misturar-se ao barulho dos murros e pontapés. Teve certeza de que a fala não havia alcançado o ouvido de quem estava do lado de fora, por isso voltou a gritar com os lábios trêmulos:

"Já vai."

Do outro lado da porta, um dos três bate-paus se pôs a rir apenas com o canto da boca. Zuza acelerou os passos. Ao chegar próximo da porta, vergou com força os dedos dos pés para dar sorte. Em seguida, contou até três e puxou os dois ferrolhos de uma só vez. Com o coração quase saindo pela boca, abriu um pouco a porta. Ao vê-la entreaberta, um dos bate-paus socou as mãos e a empurrou com força. Os outros dois entraram sem dizer nada. Desalentado, Zuza desistiu de segurar a porta e afastou-se. Os homens olharam-no de cima a baixo. Um dos que entraram fez a língua estalar dentro da boca, e perguntou:

"Me diz uma coisa, tu que é o marica chamado Zuza?"

O cheiro da germinação de planícies saindo da boca do bate-pau deixou Zuza atormentado. A vista escureceu. Foi tudo tão rápido que nem teve tempo de imaginar se sua vó teria ouvido, apesar da distância, as preces que fizera durante a semana.

"Que coisa daria naquele dia no jogo do bicho?"

Foi a única coisa que ele conseguiu perguntar a si mesmo de imediato. Quando terminou de ouvir a pergunta, arregalou os olhos. O bate-pau que havia ficado no lado de fora mordeu os lábios, tentando não sorrir. A mão no trinta e oito. As sobrancelhas crispadas. O que o deixou com a aparência de homem neblinado pelos alpendres.

O nome "marica" chegou aos ouvidos de Zuza sem qualquer chance de equilibrar promessas. Sentiu a boca ficar trêmula. No meio de sua língua, começou a subir o gosto insalubre dos gerânios. De repente, as gengivas começaram a doer. No mesmo instante, as mãos pararam de coçar. Tentou dizer qualquer coisa, mas a voz não saiu. Tentou ainda menear a cabeça para dizer que não, mas não teve forças suficientes. A solução imediata foi abaixar a cabeça, mesmo sentindo vontade de olhar para o céu só para ver se iria chover antes do meio-dia. Queria pelo menos ter forças para dizer a si mesmo que era amor o que sentia.

Em meio ao silêncio, um dos bate-paus, impaciente, começou a caminhar de um lado para o outro como se procurasse respostas em algum lugar do barraco. Zuza, confuso, pensou em ir abrir a janela. Ou pedir um palito de fósforo a eles para acender a lamparina, mas voltou a ouvir a pergunta em voz alta:

"Tu que é o marica chamado Zuza?"

Suspirou. Temeroso, preferiu continuar em silêncio. Sabia que qualquer palavra proferida poderia comprometer até mesmo o seu macho. Como estava descalço, a frieza do chão de terra batida do barraco o deixou ainda mais agoniado. O calafrio tomando conta de seu corpo parecia deixá-lo nuzinho na frente dos bate-paus. Dali a pouco, sem mais nem menos, Zuza foi arrastado pelos cabelos de dentro do seu casebre e jogado no meio da rua. Caiu de joelhos. Ele não tinha ideia do que lhe iria acontecer. Em poucos minutos, percebeu as sombras de centenas de garimpeiros se avultarem perto dele. Sentiu o corpo se avolumar em meio aos pedregulhos. Um imenso círculo de homens se formou ao seu redor. O coração bateu acelerado. Estava cada vez mais convicto de que aquilo tinha a ver com os encontros às escondidas com Manel.

Aos poucos, um amontoado de vaias começou a soar das bocas da maioria daqueles homens que todos os dias cantavam o hino nacional durante o hasteamento da bandeira nas proximidades da cava. Zuza fez um esforço para tentar distinguir as vozes dos garimpeiros. Em meio ao desespero lembrou-se de uma das últimas coisas que seu homem havia lhe dito:

"O abacateiro vai florar esse ano ainda."

Inundado de medo, Zuza virou o rosto de banda tentando captar as réstias de luz do sol entre os garimpeiros. Buscou um ângulo em que pudesse identificar os olhares fixados nele, mas teve dificuldades. Isso o convenceu de que alguma coisa de ruim lhe aconteceria. Em um piscar de olhos, sentiu as batatas das pernas se atrofiarem. Exasperado, começou a sentir também falta de ar. Levou uma das mãos aos olhos e a posicionou por cima das sobrancelhas. Levantou um pouco a cabeça. Olhou em volta querendo reconhecer Manel no meio daquela multidão de homens. Como não conseguisse enxergá-lo, imaginou-o como um vulto que estava escondido atrás daqueles garimpeiros. Em meio às vaias cada vez mais intensas, compreendeu que não teria mais tempo de pensar em janelas. Na floração do abacateiro. Na sua vó queimando um pedaço de papel para ver o que daria no jogo do bicho. No diadema. Em receber algum afago.

De repente, pegaram-no pelos braços de forma abrupta e o colocaram de pé. Um dos bate-paus ficou andando de um lado para o outro em um pequeno vão entre ele e a multidão de garimpeiros que parecia não parar de chegar.

Dois bate-paus partiram enfurecidos para cima dele. Naquele instante, Serra Pelada pertencia somente a eles. O mais alto desferiu chutes na canela de Zuza até que ele caísse no chão. Depois, recebeu chutes por todo o corpo. Misturado à terra do garimpo, ele se contorcia de dor, mas não conseguia chorar. Gemeu baixinho. Juntou as forças que tinha e olhou de soslaio em busca de seu homem. Sentiu que precisava fazer alguma coisa. Não sabia exatamente o quê. Preferiu deixar as mãos espalmadas na terra. Apertou os lábios. Rangeu os dentes tão forte que duas veias do pescoço ficaram quase roxas. O outro bate-pau aproximou-se. Com os olhos fixados nos dele, gritou:

"Traz um tamborete!"

Naquele instante, Zuza passou a pensar na própria morte. Embora tivesse certeza de que dificilmente acontecesse ali, perante centenas de garimpeiros. Fechou as mãos com um punhado de terra e pedregulhos. De quatro, feito um bicho acuado, pensou na rede ainda armada em seu barraco. No resultado do jogo do bicho. No urso dando na cabeça. Na sua vó ganhando duzentos mil cruzeiros por ter visto o desenho do bicho acinzentado no fundo do prato de esmalte, entre as bromélias. Sem entender o que estava acontecendo, fez um esforço para manter a cabeça curvada. Pôs-se a mirar as bolas dos joelhos. O sangue misturando-se à terra. Pela intensidade das réstias de luz, julgou que seriam quase sete horas da manhã. Voltou a pensar no exato momento em que, dois dias atrás, esteve pela última vez com Manel.

Despertou do torpor quando o tamborete foi colocado próximo aos pés dele. Ouviu novamente a ordem:

"Senta!"

Sem saber quem a tinha dado. Soltou a terra. Os pedregulhos e sentou. Sem forças escorou as mãos nas pernas. Um bate-pau veio por trás e deu uma rasteira no pé do tamborete. Zuza, assustado, antes de cair, arqueou as costas. Jogou os braços para a frente, mas não teve tempo de espalmar as mãos, o que o fez cair de peito aberto no chão.

No mesmo instante ouviu o estalar de um cinturão. Levantou a cabeça. Dentro dos ouvidos dele, o barulho demorou mais tempo para se dissipar.

O bate-pau arrumou o tamborete no mesmo lugar e voltou a dar a ordem para ele sentar. Veio outro por trás. Segurou firme no pescoço de Zuza. Apertou a faca de serra na mão. Pequena. Afiada. Cabo azul-marinho. E começou a cortar os cabelos de Zuza. Em meio ao silêncio dos garimpeiros, o resto dos cabelos foi raspado a gilete. Do couro cabeludo, minaram vários filetes de sangue. Parecia que a qualquer momento os filetes formariam um ou dois igapós para ocupar toda a sua carne. Quando o vento bateu na cabeça, ele a sentiu arder. A cabeça inteira pinicava. Os fios de cabelos cortados se espalharam pelo rosto. Pelos peitos. Pelas pernas. Pelo chão amarelecido de Serra Pelada. O suor do corpo, misturado à terra, deixou-o com aparência de quem havia deixado o saco de cascalho cair em cima de si mesmo. Não se viu habitado por outros.

Levou cinco tapaços no pé da orelha. Os fortes zunidos o fizeram voltar a enxergar a imagem de sua vó. As mãos enrugadas da velha. Trêmulas. Os dedos aparentavam ter diminuído de tamanho. Cabisbaixa. A cabeça praticamente raspada. Escrevendo, calmamente, no bilhete do jogo um terno e uma milhar na cabeça. Anotando calmamente, sem medo de perder, dez cruzeiros em cada. Por coincidência, nesse instante, um dos bate-paus perguntou se ele queria ver a vovó. Ao responder que sim, balançando a cabeça, o marechal entrou no círculo de garimpeiros. Os olhos azuis arregalados. Braços cruzados. Aproximou-se. Zuza o reconheceu primeiro pela sombra. Depois pelo cheiro de dinheiro. Só então, levantou a cabeça para ter certeza de que era realmente o marechal. Pôs uma das mãos por cima dos olhos e ficou com vontade de perguntar:

"O peso de quantas mortes o senhor carrega nas costas?"

As retinas do marechal estavam estranhas. Menos oblíquas que o habitual, como se não soubessem voltar nunca mais dos betumes. Quando aproximou-se de Zuza, curvou um pouco as costas. Esticou os braços. Manteve as mãos espalmadas. Deixou os dedos abertos o máximo que deu conta. Segurou firme nas duas orelhas do macho de Manel, e perguntou:

"Quer ver vovó, é?"

Zuza não voltou a menear a cabeça. Apenas fechou os olhos. Ao pressentir o que lhe aconteceria, começou a contar o tempo em pensamento. O marechal pressionou as mãos contra suas orelhas. Dali em diante foi sendo levantado do chão a uma altura de quase dez centímetros. Sentiu a dor no corpo se intensificar. Com mais de quinze segundos o marechal o soltou. Ao vê-lo cair de joelhos no chão, deu uma gargalhada. Em seguida ordenou que os garimpeiros fossem para a cava trabalhar, ao mesmo tempo que se afastou dizendo:

"E o senhor, seu Zuza, tem até amanhã de manhã para sumir desse garimpo. Aqui não tem lugar para marica, entendeu? Arrume suas coisas e suma daqui."

Invisíveis, as mágoas deixaram a boca de Zuza entreaberta. De joelhos ele não teve forças para dizer nada. Mas queria ter dito para todos os garimpeiros, os bate-paus e o marechal:

"A Serra Pelada será uma floresta só de terra."

Aos poucos, os garimpeiros se afastaram. Alguns sorrindo. Outros mergulhados em silêncio. Os que riam imaginaram ver diante de si um bicho diferente deles. Os que ficaram em silêncio já eram capazes de compreender a ausência do mar, do céu e do amor.

Nos últimos dias, havia aumentado a desconfiança de que, mais cedo ou mais tarde, aquilo lhe iria acontecer. Olhou de relance o tamborete. Aos poucos, cresceu a vontade de tatear com a ponta dos dedos a dor que sentiu ao redor dos olhos, em volta do pescoço e debaixo das costelas. Ainda ouviu o marechal repetir uma coisa que talvez já houvesse falado milhares de vezes em todos os centímetros de Serra Pelada:

"Aqui eu tenho as minhas regras."

Procurou algum sentido em tudo aquilo. Tinha mesmo era vontade de um dia conseguir voltar vivo para casa e dizer a sua vó que nunca mais jogasse no urso.

Sem conseguir sustentar o peso do corpo apenas com os joelhos, Zuza caiu no chão. Deitado, voltou a intumescer os lábios. Por dentro, a vontade era de emitir gemidos, mas a única certeza que tinha era a de que já não seria possível ajudar a si mesmo. Mesmo no chão, encostou os braços por cima da barriga, tentando atenuar o incômodo espalhado nas proximidades do peito. Manteve no rosto o esforço necessário para não cair no choro. Com a saída dos garimpeiros rumo à cava, os raios do sol deixaram seu corpo quente. A vista embaçada. O chão incandescido. E a repentina vontade de dizer ao menos:

"Meu deus."

Quando se viu sozinho, no meio da rua firmou as mãos e os joelhos no chão mantendo-se na posição de quatro. Começou a caminhar, engatinhando, em direção ao barraco. Sentiu as carnes todas preenchidas de poeira e envoltas com a consternação da terra de Serra Pelada. Nu da cintura pra cima, a carne de seu corpo o ajudou a experimentar uma comunhão provisória de que um dia aquela agonia acabaria. Nos ombros, Zuza parecia sentir o peso entardecido de ter aprendido sozinho, naquela manhã, a batizar o significado do amor por outro homem. Como se tivesse sido soterrado, a cada movimento, as dores o faziam lembrar-se dos pontapés e tapas que levara. Na boca, o gosto de sangue parecia povoar, de minúsculas planícies, a sua garganta. Embora respirasse com dificuldade, nunca saberia por que sentiu tanta vontade de levantar a cabeça. Voltou a sentir a carne do peito se tornando cada vez mais diminuta. A manhã precipitando angústias dentro de suas retinas. Em meio à desesperança, voltou a imaginar sua vó vendo o estado em que ele estava. Viu-a, direitinho, ajeitando a mão na frente do rosto e, em menos de três segundos, fazer o sinal da cruz que ela sempre fazia às seis horas da tarde. A ternura avassalando as pupilas dos olhos dela. A boca sulcando os últimos ânimos. Na metade do caminho para alcançar a porta de seu barraco, Zuza pensou também em Manel. Ele o tomando pelas mãos. Ajudando-o a ficar em pé. Passando as mãos em seu corpo para tirar a terra do garimpo. Ao perceberem a boca de Zuza sangrar, os dois murmurariam ao mesmo tempo a palavra bamburro.

Engatinhou com dificuldade. De vez em quando, erguia a metade do corpo para diminuir a dor. Demorou cerca de dez minutos até alcançar a porta escancarada de seu barraco. Voltou a ouvir, imaginariamente, as batidas fortes, do mesmo jeito que havia escutado antes de tudo aquilo. O gosto insalubre de sangue se intensificou por cima da língua. Tentou umedecer os dentes com saliva, mantendo a boca fechada. Diminuiu a respiração. Pequenas claridades do sol refletiram no chão e o fizeram manter os olhos entreabertos. Ainda assim, sentiu vontade de dizer uma palavra. Qualquer uma que tivesse a ver com compaixão. Sentiu aquela manhã deixar indistinguível o amor por Manel. Desejou um dia ter os cabelos longos. Na altura dos ombros pelo menos. E sentir as mãos de seu homem entrelaçadas nos fios. Os dois a se chamar de amor.

14

A tarde mal havia terminado de despencar sobre o garimpo quando Manel subiu, exausto, mais de duzentos degraus de seis escadas adeus-mamãe. Inconsolável, ele levava consigo um barranco inteiro dentro das retinas. Os olhos, quase vermelhos, quase amarelecidos, haviam redesenhado dentro de si a vontade de nunca ter abandonado Trizidela. Seus dois meninos. A mulher. Os três pés de hibiscos rodeados por balaustradas feitas de pedaços de eucaliptos.

Próximo de seu barraco, sentiu-se covarde por não ter feito nada pelo seu homem. Nenhuma palavra. Qualquer gesto. Um aceno sequer. Em frente à porta de seu casebre olhou e viu as unhas tomadas pelo melechete. Nas pernas, as crostas de terra estavam secas e rachadas. Cada montículo parecia pequenos nácares acinzentados. Os braços sujos pela metade fizeram-no compreender que era injustiça rezar um pai-nosso com o corpo fedendo a inhaca. Ao imaginar a cabeça de seu macho sendo raspada, Manel quis ter coragem de gritar a frase que passou a repetir com frequência em Serra Pelada:

"Este será outro outono de carne estranha."

Mas, com medo do que poderia lhe acontecer, desistiu.

O céu do garimpo ficou turvo. Por toda a parte era possível ver enxames de mariposas esvoaçando a esmo, guiados pelos fachos de luminosidade das candeias acesas.

Antes de acender a lamparina, Manel tirou a roupa. De súbito lembrou-se de que os bate-paus estavam à sua procura: começou a tatear, desesperado, por todo o barraco. Movia-se como se perambulasse pela primeira vez naquele cômodo. Passou as mãos pelo corpo. Um feixe de claridade vindo do lado de fora o deixou mais atormentado. Pensou ouvir rumores de passos ao redor do casebre, vultos entre as frestas. Não caminhou mais. Diminuiu a respiração. Abaixando a cabeça, mesmo no escuro, notou que o chão do garimpo cintilava.

Armou a rede e deitou, mas não de costas, como costumava fazer. Entrelaçou as pernas. Fez um esforço para tentar enxergar as roldanas, mas estavam mais esmaecidas que das outras vezes. Roçou as pontas dos dedos na barriga. Um calafrio tomou conta de seu corpo. As pernas começaram a sentir câimbras. Os fios de cabelo eriçaram enquanto tentava balbuciar alguma coisa sem conseguir. Dobrou os cotovelos. Esticou as pernas. Inclinou a cabeça e a enterrou entre os braços. Fechando os olhos e apertando forte as pálpebras, manteve-se estático. Juntou bastante saliva por cima da língua e a engoliu. Sonolento, pensou nas samambaias ao redor da boca do poço de sua casa em Trizidela.

Do lado do barranco em que garimpava, Manel escutou o estrondo. Virou-se assombrado. A poeira assoprada na direção dele e dos outros garimpeiros chegou tão rápida que não houve tempo para esboçarem outra reação a não ser contrair os olhos. Os gritos de "ouro, ouro, ouro" deixaram eufóricos os homens que estavam distantes do desmoronamento.

Envoltos de poeira, Manel e os cinco companheiros de barranco tornaram a abrir os olhos e, às pressas, soltaram os enxadecos, pás e os sacos de estopas. Deram as mãos. Vagarosamente, em meio à poeira, caminharam no rumo do desmoronamento, convencidos de que havia garimpeiros soterrados. Nos primeiros montículos, acocoraram e, com as mãos, começaram a cavoucar a terra, perguntando:

"Tem alguém aqui? Tem alguém aqui?"

Desenterraram um corpo. Em seguida outro. Um dos garimpeiros abaixou a cabeça até encostar no peito de cada um dos desenterrados. Examinou-lhes as batidas do coração. Não tiveram tempo suficiente para desencravá-los da terra vivos. As bocas retorcidas como se tivessem emergido do fundo de um atlântico. Camisas empapadas de suor e terra. Os kichutes fora dos pés. O primeiro desenterrado segurava a bateia. O segundo, uma pá. Ambos a olhar para o lado. Pelas retinas opacas tinha-se a impressão de que eles compreenderiam mais de sumaúmas do que do cheiro do rio Sereno. As silhuetas dos corpos ondulados como se fosse a maneira de desentardecer o garimpo.

Os bate-paus correram em direção aos monturos de terra e ao se aproximarem gritaram, em coro:

"Quem vocês pensam que são, seus desgraçados? Vocês não sabem que os desenterros só podem ser feitos depois da ordem do marechal?"

Como se não os escutassem Manel ficou em pé, enquanto os demais garimpeiros continuaram a escavar os monturos para desenterrar, às pressas, os outros companheiros.

Ao perceber que o redor dos olhos dos dois garimpeiros desenterrados estava sujo de musgos, Manel, desolado, suspirou fundo. Esticou o braço e tentou se benzer. No primeiro movimento da mão o ruflar do bater de asas da rasga-mortalha o fez acordar. Dentro de sua rede as carnes do corpo inteiro a tremer com febre terçã.

15

No outro dia, ainda de madrugada, Zuza pulou da rede sentindo as carnes doloridas. A cabeça raspada ardia sem parar, apesar de os filetes de sangue estarem endurecidos. Os olhos remelados. O gosto insalubre de terra na garganta. Os peitos doloridos davam a sensação de que acabara de se desenterrar. Com dificuldade levantou a cabeça e caminhou para fora do cômodo. Entre o casebre e o escuro do quintal uma lufada de ar frio açoitou seu corpo.

No quintal e a poucos centímetros da gamela ficou de cócoras. Juntou as mãos e fez uma concha. Meteu-as na gamela e molhou os olhos. Da mesma maneira, pegou mais água e jogou dentro da boca. Bochechou por alguns segundos e cuspiu. Lavou a cabeça. Voltou para o interior do barraco mais desolado. Desarmou a rede. Eram exatos três dias sem ver Manel. Rapidamente, jogou os documentos na boroca. Acomodou as roupas e a boroca em uma sacola. Encontrou, por acaso, um fósforo entre as tábuas. Acendeu a lamparina perto da janela. Borrifou o alma de flores nos sovacos. Passou duas gotas da colônia charisma no pescoço. Antes de atravessar pela última vez a porta de seu barraco, colocou o diadema no meio da cabeça raspada. Bateu os dedos de leve sobre a camisa. Acomodou a sacola com os pertences debaixo do braço. Fechou a porta dizendo para si mesmo:

"O marechal se quiser que venha um dia abrir a porta e a janela para arejar esse pedaço de Serra Pelada. Ele não é a pátria?"

Quando amanheceu, já estava sentado na carroceria do pau de arara. Cabisbaixo. Escutou ao longe os garimpeiros cantando o hino nacional. Dali a pouco, as retinas ficaram cada vez mais opacas. Mesmo assim, inclinou-se com dificuldade para olhar a rua que levava até a cava. A imagem seca e angustiante do chão do garimpo deixou a garganta de Zuza um pouco disforme. O pau de arara começou a se mover e ele teve a certeza de que naquele dia daria borboleta no jogo do bicho, e que sua vó mais uma vez jogaria, enganada, no urso.

16

Às dez horas da manhã, uma imensa parte do paredão de terra da cava começou a desmoronar. Pardais se alvoroçaram. Alguns garimpeiros correram, aos gritos, em direção às encostas de terra. Um bate-pau se desesperou. Sacou o trinta e oito da cintura. Engatilhou. Segurou firme com as duas mãos. Depois apontou, à meia altura, em direção aos garimpeiros eufóricos. Gritou para se afastarem, enquanto caminhava rumo às colinas. O paredão de terra não parava de cair.

"Ouro, ouro, ouro."

Foi a palavra que ouviram e gritaram repetidas vezes. Não se afastaram.

Manel sentiu a bala atravessar sua cabeça. Cambaleou. Desorientado, rangeu os dentes. Tentou sustentar o peso do próprio corpo em pé, mas mal discernia os calcanhares. Quando, dos ouvidos, começou a descer um líquido, ele em vão se esforçou para passar os dedos da mão esquerda no rosto e ver se o que escorria era terra ou sangue. O enxadeco que segurava caiu. Ao pressentir que também ia cair, com as forças que ainda possuía, jogou os braços para a frente e tentou se agarrar a qualquer coisa no ar. Enxergou nitidamente os três pés de hibisco crescidos e floridos, plantados no terreiro de casa. Sem as balaustradas de eucalipto. Sob a sombra de um deles, o menino mais velho desenhava uma árvore, uma casa e um sol no chão. O mais novo em pé, olhando, consternado, a solidão da paisagem feita pelo irmão. As mãos na cintura. Descalço. Os pés sujos. A mulher sentada em um tamborete perto da janela. Cabelos untados com óleo de babaçu e azeite de mamona.

 O garimpeiro sentiu uma faixa de terra sobre uma de suas pernas logo após se recordar que a ribanceira não havia parado de cair. Não mais aguentando o peso do corpo, despencou de joelhos. Foi quando viu a imagem do marechal. O bate-pau com o revólver abaixado. Viu também a sua mulher e a avenida benjamim constant ensolarada. O forte cheiro de mangue vindo da beira do rio Mearim. Girinos mortos entre a margem do rio e a avenida. Os dois meninos acenando sob a sombra de um pé de hibisco. Entre as últimas visagens, estava a de Zuza. A lamparina acesa. Seu homem nu balançando dentro da rede. Tentando ajeitar no meio da cabeça o diadema, dizendo que, naquele dia, daria borboleta no jogo do bicho.

 Pela primeira vez, Manel olhou ao derredor da cava e não enxergou o paredão de terra. Nem as escadas adeus-mamãe. Nem ninguém.

Abismados, centenas de garimpeiros miraram o corpo caído de joelhos no chão. De costas para os barrancos. A cabeça rente ao chão. Parte das pernas acinzentadas. Abraçadas pelo melechete. A palavra bamburro não faria mais nenhum sentido para aqueles homens. Quatro bate-paus cercaram o garimpeiro. A dez metros de distância, formaram, estendendo um dos braços, um círculo imaginário. Cada um com o seu trinta e oito na mão.

Pertinho de Zacarias, um garimpeiro soltou o saco de cascalho. Tirou o chapéu. Abriu a boca pouco mais de cinco centímetros. A respiração oscilou. Levantou a camisa. Limpou o suor da testa. Juntou as mãos próximas ao peito. Começou a dar os primeiros soluços de choro, e disse baixinho:

"Parece que deus se esqueceu da gente, não foi, padre?"

Rapidamente, o padre desenhou o sinal da cruz no rosto, sem pronunciar uma letra. Não conseguiu se conter, então rezou três ave-marias e uma salve-rainha, apenas murmurando, com a boca totalmente fechada. De vez em quando, a língua roçava nos dentes e ele movia a cabeça, lentamente, para cima e para baixo, enquanto rezava. Sentiu medo. Ficou com vontade de ajoelhar. Passou a mão sobre o peito descendo até a barriga, espalhando o meleiro. Fez de conta que toda aquela sujeira era o desenho de sua batina. Espiou discretamente os barrancos e viu todos os garimpeiros, solenemente, tristes. As pás. As picaretas. Os enxadecos. As bateias e os sacos de estopas jogados no chão.

O melechete, aos poucos, endurecia na pele dos garimpeiros. Alguns se acotovelaram para tentar enxergar melhor o que havia acontecido. Outros tinham os olhos úmidos. Uma parte dos rostos quase beatificados.

Pouco a pouco, o eco das palavras ditas pelo homem voltou a assombrar os ouvidos do padre:

"Parece que deus se esqueceu da gente, não foi, padre?"

Três minutos depois, Zacarias meneou a cabeça, dizendo não, mas já era tarde. Na mesma hora, o garimpeiro bateu no ombro de outro ao seu lado e repetiu:

"Parece que deus se esqueceu de nós, não é, camarada?"

Voltando a ouvir aquilo, Zacarias sentiu os olhos lacrimejarem. Ouviu centenas de vozes balbuciando coisas que não conseguiu entender. Foi então que ele mesmo se perguntou:

"Será que nós garimpeiros rezamos mais pelo ladrão gestas do que por cristo?"

Talvez aquela fosse a pergunta mais triste que fizera em toda a sua vida. Sentiu o ar abafado de Serra Pelada subir à sua volta. As escadas adeus-mamãe vazias como se o garimpo estivesse completamente anoitecido. Sem deus. Sem lamparinas. Sem mariposas. Sem amor.

17

Próximo à rodoviária improvisada na corruptela do trinta, Zuza passou boa parte da manhã sentado em uma calçada. As pestanas doloridas. Uma sensação forte de amargor espalhou-se pela boca. Segurava firme, com uma das mãos, a sacola com o que conseguiu trazer antes de abandonar o barraco. As costas latejavam de dor porque nunca havia ficado tanto tempo sentado. Sem saber que horas eram, ao perceber que o movimento de gente na rodoviária havia aumentado, levantou. Ergueu a cabeça. Colocou a sacola debaixo do braço. Foi procurar onde vendia passagens para Marabá e saber a que horas o carro sairia. Tentou manter firme, por alguns segundos, os olhos na direção que julgou ser Barra do Corda.

No guichê de passagens, um garimpeiro o reconheceu e veio lhe falar sobre o desmoronamento. Os bate-paus. O trinta e oito engatilhado. Os gritos "ouro, ouro, ouro". O tiro. Manel de joelhos. A boca entreaberta. Morto. Mesmo sem querer acreditar na história, Zuza entrou em desespero. Não conseguiu chorar. Aspirou o cheiro do charisma vindo de seu peito. Os pontapés dos bate-paus na porta. A faca em seus cabelos. Tirou o diadema da cabeça e jogou na sacola. Caminhou, apressadamente, de um lado para o outro, desorientado. Com ódio, amassou a passagem que acabara de comprar. Jogou com força dentro da sacola.

Depois de algum tempo aturdido, recompôs-se. Sentou no chão. As retinas estavam secas, quase endurecidas. Já não foi capaz de distinguir o gosto que sentia dentro da boca. Dobrou as pernas. Amparou a cabeça entre as mãos. Manteve os olhos abertos. Ficou a imaginar o que iria fazer. De súbito, pegou da sacola a passagem que o levaria da corruptela do trinta a Marabá. Segurou-a firme com as mãos e foi tentando desamassá-la.

Quando percebeu que havia conseguido melhorar a aparência do papel, ficou em pé novamente. Arrumou a camisa e saiu à procura de alguém que pudesse comprar a passagem. Não teve dificuldade em achar quem quisesse. Na mesma hora caminhou para a beira da estrada. Quando caiu em si, já estava em cima da carroceria de um pau de arara, em direção a Serra Pelada. Voltando ao lugar onde imaginou nunca mais colocar os pés. Zuza sabia que era tarefa sua amparar o corpo morto de seu homem. Desuntá-lo, de uma vez por todas, do melechete. Sussurrar no ouvido do morto que ele já não era mais obrigado a bamburrar.

Eram por volta de quatorze e trinta quando desceu as escadas adeus-mamãe. Empurrando quem estivesse em seu caminho, conseguiu aproximar-se dos monturos de terra onde estava o corpo de Manel. A primeira coisa que enxergou foi uma das pernas soterradas só pela metade. A outra, totalmente fora da terra. Na hora em que reconheceu seu homem, desejou ter chegado a tempo de vê-lo ao menos arqueando. Com intervalos longos, a respiração lhe saía entrecortada. Os urros. Abandonando ali, de uma vez por todas, a palavra bamburro. Os dedos das mãos pareciam contornar a mais remota solidão do cristo crucificado, exatamente quando o deus-filho achou ter sido abandonado pelo próprio pai.

Manel parecia estar apenas dormindo com os olhos arregalados. A boca meio aberta. Os músculos do pescoço distendidos. Diante da imagem de seu macho de joelhos, no chão, Zuza pensou consigo mesmo: "E se Manel conseguisse conservar os olhos abertos por bastante tempo, até que fosse tirado para fora da cava, experimentaria para sempre a esperança de bamburrar?"

O lugar por onde a bala entrou, perto da orelha, havia parado de sangrar fazia bastante tempo. A cabeça rodeada de moscas varejeiras. As crostas de sangue espalhadas pelo rosto deram a aparência de que Manel estava para sempre livre de Trizidela. Da palavra bamburro. Do marechal. Dos bate-paus. Dos pés de hibiscos. Do cheiro do rio Mearim. Das formigas. Da cobal. Dos acenos de seus meninos. De Serra Pelada. Embora o modo como a boca se mantivesse entreaberta desse a impressão de que ele havia tentado falar qualquer palavra. Pela tensão dos lábios, Zuza notou que Manel queria ter dito apenas isto:

"É só um diadema, seu besta."

Sua vontade, naquele instante, era poder juntar as mãos de seu homem e deixá-las como se ele fosse fazer uma reza. Olhar detidamente nos olhos dele até fazê-lo entender mais de árvores do que da palavra pepita. Convencê-lo de que somente o amor é capaz de alimentar a silhueta remota de deus.

Moveu lentamente a cabeça, de um lado a outro, a fim de reconhecer algum rosto familiar no meio daqueles homens untados de melechete. O nome marechal renasceu em seus ouvidos. Aterrorizado, fechou os olhos por alguns segundos. Discretamente, friccionou a língua contra o céu da boca. O gosto de lodo entre os dentes o deixou mais perturbado. Sentiu um lado do rosto resplandecente mais que o outro. Imaginou que aquilo, em poucos minutos, crestaria só uma banda de sua face. Não parou de ouvir centenas de pés se aproximando. Começou a respirar com dificuldade. Crispou os músculos das costas. Do nada, começou a imaginar Manel querendo falar pela última vez a palavra bamburro. Fazendo cada letra passar intacta por cima da língua, embora também quisesse que seu corpo fosse pelo menos aguado.

Dois bate-paus desenterraram, usando seus cassetetes, a perna do morto. Depois estenderam seu corpo sobre um dos montículos de terra com a cara voltada para o céu. Tentaram fechar os olhos e a boca, mas não deram conta. Injuriados, juntaram pernas e braços e os amarraram.

Zuza perdeu a esperança que ainda tinha ao perceber que seu homem seria tirado da cava de qualquer jeito. A tristeza foi ainda maior quando ouviu um dos bate-paus gritar:

"Joga mais cordas. Vamos precisar delas pra arrancar esse homem daqui logo. O trabalho não pode ficar muitas horas parado."

Colocado sobre os degraus de uma adeus-mamãe, o corpo do garimpeiro foi amarrado em três lugares. No pescoço. No meio da barriga. Nas batatas das pernas. O que se viu foi a consternação dos garimpeiros. Uns dentro da cava. Outros ao redor da boca do buraco. Alguns com as mãos por cima do peito. Outros de braços cruzados. Os olhares decaídos em desgraças. Os que estavam à beira do despenhadeiro posicionaram a mão sobre as pestanas, tentando fazer uma pequena sombra por cima dos olhos para enxergar melhor.

De súbito, Zuza sentiu desejo de correr e se jogar sobre Manel. Agoniado, fez um rápido movimento com os braços, entreabrindo-os, como se quisesse receber só mais um afago de seu garimpeiro.

No instante em que o corpo de Manel começou a ser içado, Zuza teve certeza de que já não era mais possível abraçar as tristezas de Serra Pelada. Perguntou-se quantos corpos soterrados haveria naquele barranco. Se pelo menos eles pudessem enxertar a terra. Fazer germinar samambaias, papoulas e urtigas na garganta do marechal.

Amiudou os olhos e os deixou mirar a parte mais ensanguentada do corpo de seu homem. Uma lufada de vento quente roçou sua cabeça raspada. Encolheu os dedos das mãos, enquanto ouvia o barulho de pequenas faixas de terra e pedregulhos descerem por onde o corpo era puxado.

Faltando uns cinco metros para o corpo chegar à beira da cava, Zuza se afastou. O marechal não poderia vê-lo na área do garimpo. Subiu as adeus-mamãe. As aftas ardendo nas gengivas o obrigaram a pensar na misericórdia dos peixes que nunca sentirão a solidão dos pântanos. Antes das primeiras lágrimas alcançarem seus lábios, sussurrou o nome Manel. Ouviu o eco de sua voz voltar para dentro de seu ouvido. Deu as costas à cava e começou a subir a única ladeira que ajudava os garimpeiros a chegar mais rápido aos barrancos. À sua frente, as paredes dos barracos ficaram cada vez menos nítidas. Cada vez mais turvas, como se estivessem efetivamente sendo dissecadas pelo desamparo dos nomes dos garimpeiros que não conseguiram bamburrar. Escutou alguém caminhar em sua direção, batendo fortemente os pés contra a terra do garimpo. Apertou a boca da sacola. Meteu a mão dentro do short. Puxou os colhões para cima. Apressou ainda mais os passos.

"Será algum bate-pau? Ou o marechal?"

Zacarias passou pertinho dele, cabisbaixo. O padre movimentava, sem parar, as duas mãos como se balouçasse uma bateia cheia de pepitas, enquanto murmurava:

"Bamburrei, bamburrei, bamburrei."

Apressou os passos. A voz do padre, longe:

"Bamburrei, bamburrei, bamburrei."

Conseguiu pegar o último pau de arara para o quilômetro trinta.

O que Zuza lembrou depois disso foi ter ouvido uma pessoa gritar:

"Mais alguém vai pro trinta, pra eldorado ou pra Marabá? Vamos sair agora mesmo."

O som da voz misturou-se ao do barulho do motor do pau de arara. Segurou a sacola com as duas mãos. Olhou detidamente na direção em que ficava a cava e depois no sentido que julgou ficar o que sobrou do rio Sereno.

Ao longo da viagem, do trinta a Marabá, enquanto o caminhão sacolejava na pa duzentos e setenta e cinco e na cento cinquenta e cinco, Zuza adormeceu. Sonhou descendo, descalço, os mesmos degraus das oito escadas adeus-mamãe que Manel havia subido pela última vez. Levava no bolso do short algumas tiras de barbantes e embaixo do sovaco dois pedaços de ripa. A cada degrau, fazia o esforço de invocar imagens de seu homem vivo, mas só conseguiu ouvir as palavras diadema e bamburro. E, às vezes, sentia o cheiro quase acre do melechete. Quando alcançou o chão da cava, caminhou até chegar ao exato lugar onde Manel havia caído de joelhos. Percebeu que a terra havia apagado as manchas de sangue, mas o fedor ainda estava lá, misturado com cascalho, lama e braquiárias murchas. Abriu o braço deixando cair os dois pedaços de ripa. Depois ficou de cócoras. Queria ao menos ter aprendido a assombrar a infância dos que matam e dormem tranquilamente tentando enterrar estrelas no próprio peito. Perguntou, em murmúrio:

"Ao cair, quantas formigas teriam terminado de matar Manel?"

Juntou um montículo de terra e com os dois pedaços de pau que trouxe de cima do valado e as tiras de barbante fez uma cruz. Enfiou-a no meio do montículo. Voltou a ficar em pé. Olhou para a boca do despenhadeiro e conseguiu distinguir o homem que caminhava a esmo na beira do buraco. Era o padre Zacarias. Sem camisa. Todas as partes do corpo estavam esbranquiçadas como se estivessem rodeadas de vaga-lumes. O crucifixo de prata balançando no pescoço, vez ou outra, tilintava. Não parava de gesticular os braços. Falando sozinho, mas não dava para entender o que o padre dizia. Com medo, Zuza rezou, às pressas, o pai-nosso. Subindo as adeus-mamãe, tentou pensar que, um dia, os garimpeiros sonhariam com a receita de como suas carnes serão capazes de imitar a luminosidade das lamparinas. Nunca mais pepitas entre os dentes. Mas, por enquanto, só lhe restava o silêncio de saber que, em Serra Pelada, cada homem era apenas a continuação de sua própria desgraça. Já em cima, quando passou perto do padre, caminhando ligeiro, foi que entendeu o que ele repetia em voz alta. Era o salmo noventa e um. Recomeçando-o antes de dizer a última palavra do versículo dezesseis. Sonâmbulo. O hálito cheirando a ameixeiras secas. Molhado de suor. As gengivas sangrando. O homem tinha também mordido os lábios até feri-los. Sua voz era quase como um grunhido. Feito um pássaro que estava entendendo apenas de abismos e árvores. Zacarias olhou para Zuza. Também, com medo, afastou-se da cava e sumiu na cerração soçobrante da noite. Desapareceu indo em direção da cobal e da agência da caixa econômica. Então, Zuza disse a si mesmo:

"Neste lugar já não é possível duvidar de mais nada. Diante das mãos do marechal e dos bate-paus, nenhum homem é uma ilha. Nenhum garimpeiro verá em seu rosto a cor âmbar do atlântico."

Acordou aturdido. A poeira da pa cento cinquenta e cinco fez com que seus olhos ardessem. O gosto quase azedo de terra ainda estendido na garganta. Quando se deu conta, já estava chegando à rodoviária do quilômetro seis, em Marabá. Ao ficar em pé, no meio da carroceria do pau de arara, para descer, viu reluzir em sua frente o rosto do marechal. A feição dele parecia banhada pela inclemência dos flamboyants. Era como se quisesse ensinar a si mesmo outra maneira de recomeçar feridas. Percebeu a boca do marechal esboçar um sorriso. Zuza tremeu. Então, pôs-se a perguntar, por três vezes:

"Tu tem ideia de quanto a saudade pesa, marechal? Me diz se tu tem?"

Olhando, compenetradamente, nos olhos dele, o marechal esboçou algo como quem iria abrir a boca toda para gargalhar. Aquela era uma das maneiras que permitia a ele não sentir dó de ninguém.

Zuza sabia que em Serra Pelada ninguém tinha o direito de viver a dor do luto. Não poderia batizar os primeiros centímetros da língua com um ramo de buganvílias.

Sentindo-se longe do garimpo, encobriu seu corpo com o peso do içamento de Manel de dentro da cava, e deixou a boca dilatar um pouco. De súbito, teve vontade de ranger os dentes, mas mais forte foi a sensação que o levou a sentir ódio. Foi adensando isso em seu peito até uma das pupilas começar a lacrimejar.

 Pulou do pau de arara tendo a sensação de que o nome de Manel estava, naquele instante, sendo desenhado em seu peito. A sacola com os pertences caiu no chão, mesmo assim, manteve a cabeça erguida. Os pelos dos braços ficaram eriçados. Queria sentir, pela última vez, o toque dos dedos de seu homem. Contraiu as mãos. Deixou entronizar, dentro da boca, a saudade que aflorou em suas carnes. Começou a sentir uma ânsia estranha, principalmente porque sabia que a palavra marechal só significava barbárie. Queria, ali mesmo, ter forças para acordar todos os mortos de Serra Pelada. Acordá-los apenas falando, o mais baixo que pudesse, a palavra bamburro. Queria ter a oportunidade de retirar de dentro dos narizes dos garimpeiros, que morreram soterrados, os pequenos tufos de terra umedecidos. Desolado, Zuza sentiu o peso de mais de mil barrancos caírem por cima de sua carne. Como se estivesse lembrando, de uma só vez, a vó e o papel queimando no prato de esmalte para saber da sorte, ele manteve a cabeça erguida. Levantou os braços na altura do peito. Entrelaçou os dedos. Fechou as mãos. Voltou a imaginar o corpo de seu homem untado de melechete. Deitado. Doze pedras de naftalina por baixo das costas. Um pires com sal por cima da barriga. Duas velas de sete dias acesas do lado da cabeça. A boca dele, metade aberta, metade fechada, como se ele tivesse feito um imenso esforço para gritar a palavra bamburro ou talvez Trizidela.

Rapidamente, pensou na vó. Ela, com certeza, jogaria pelo menos uns cinquenta mil cruzeiros no urso. Moveu a boca como se ainda quisesse dizer alguma coisa. Pegou a sacola no chão. Passou as mãos pelo corpo tentando desamassar a camisa. Juntou na garganta o peso da solidão dos mortos de Serra Pelada. Começou a caminhar desorientado na direção da transamazônica. Como não sabia uma reza sobre véspera, benzeu-se dizendo:

"Um dia, todos os garimpeiros vão virar jardineiros para cada um plantar uma moita de pé de urtiga no meio da língua do marechal. Amém."

Apequenado, Zuza nunca aprendeu como é possível abraçar a misericórdia dos peixes ou das muscíneas. Mas fez o mesmo gesto de Manel com a boca, tentando mantê-la metade aberta, metade fechada para sentir a mesma sensação que seu homem sentiu ao morrer.

Um transbrasiliana passou em alta velocidade e, às margens da transamazônica, Zuza ficou coberto de poeira. Parou de caminhar. Descruzou os dedos. Esticou um dos braços. Imaginariamente, colocou a mão por cima da de seu macho. Com a ponta dos dedos acariciou as unhas sujas de Manel. E murmurou: "Até que a minha morte nos separe."

Este livro foi composto na tipografia
Minion Pro, em corpo 11,5/16, e impresso em
papel off-white no Sistema Sistema Digital Instant
Duplex da Divisão Gráfica da Distribuidora Record.